芸能人の幼なじみと、
内緒のキスしちゃいました。

みゅーな**

STARTS
スターツ出版株式会社

イラスト/Off

わたしの幼なじみは極度の面倒くさがり屋。

でも実は彼には
人気モデルをしている一面があったり。

神崎浬世
×
小芝依茉

普段モデルの仕事をやっているときは
しっかりしているのに。

わたしの前だけで見せる素顔は——。

「えーま、俺のこともっと甘やかして」

甘えたがりで。

「依茉は俺だけ見てればいいのに。他の男なんて見てほしくない」

独占したがる。

芸能人の幼なじみと、
内緒のキスしちゃいました。
人物紹介
小芝依茉（こしばえま）
恋に悩む高校２年生。隣に住む同い年の幼なじみ・浬世のことがずっと好きだが、素直に気持ちを伝えられずにいる。
神崎浬世（かんざきりせ）
依茉の幼なじみで、同じ学校の芸能科に通う超人気モデル。常に依茉と一緒にいたがり、依茉を独占しようとする。

間宮（まみや） 瑠衣（るい）
浬世と同じ芸能科に
通い、同じ事務所に
所属するモデル。浬
世に引けを取らない
くらい人気がある。
月原（つきはら） 未来（みらい）
依茉のクラスメイト
で、中学からの友達
でもある。いつも依
茉の悩みを聞いてく
れる心強い存在。

☆contents

第4章

第5章

書き下ろし番外編

第１章

幼なじみとわたしの日常。

毎朝いつも目が覚めると、わたし――小芝依茉は、ひとりで眠っていない。
あまり大きくないサイズのベッドに寝ている、わたしともうひとり……。
「ん……えま」
無意識に寝言でわたしの名前を呼んで、真横でスヤスヤ眠っている――神崎浬世は幼なじみ。
両親の仲が良いこともあり、わたしたちは幼稚園から高校までずっと一緒。
浬世は小さい頃から、ひとりでいることをものすごく嫌がるし、とっても寂しがり屋。
夜はわたしがいないと寝れないし、放っておくと寂しがって、かまってもらえないとすぐに拗ねちゃう。
だから、幼なじみであるわたしが浬世のそばにいて、おまけに毎晩のように一緒に寝るのが、当たり前の日常になっていた。
それは、高校2年生になった今も変わらない。
高校に入ってから、お互い実家を出てマンションを借りてひとり暮らしをしているんだけど、浬世がわたしと隣の部屋じゃないと嫌だって言うから。
結局、部屋まで隣同士で借りて。
ほぼ毎日のように、わたしの部屋にやってくる。

それに、湮世は極度の面倒くさがり屋だから、自分の身の回りのことを何もしない。

だから、わたしがぜんぶやってあげている。

湮世の口癖は「だるい」「無理」「倒れそう」などなど。

いつも省エネモードで、やる気はないし、だるそう。

昔から自由気ままで、自分のやりたい放題で、気に入らないことがあるとすぐ拗ねて。

そして──わたしがそばを離れることを、ものすごく嫌がる。

幼い頃から一緒にいるせいか、湮世はいつもわたしにベッタリ。

他人の言うことは聞かないけれど、わたしの言うことは聞いてくれる。

周囲の人からしたら、湮世の扱いは結構難しいみたいで。

まあ、たしかに湮世はマイペースだし、自分の興味のあることしか夢中にならないし頑張らない。

というか、興味のあることが少なすぎて、頑張っている姿を普段はあんまり見せないけれど……。

“あること” をしているときだけ。

湮世は、いつもの何倍も輝きを放って、たくさんの人を魅了するから──。

「湮世、起きて。朝だよ」

「……無理。眠くて死にそう」

「無理じゃなくて、起きて支度しないと」

「……俺の代わりに依茉がやって」

いつも朝はスロースタート。

寝起きの浬世は機嫌が悪いし、何もしたがらない。

そもそも高校生の男女ふたりが同じ部屋で、しかも同じベッドで寝てるってどうなの？とか思われるかもだけど。

小さい頃からずっとだから、慣れたといえば慣れた。

でも……まったくドキドキしないわけでもなくて。

浬世に抱きしめられたり触れられたら、いちいちドキドキする。

それに、浬世の近くにいるのは、わたしだけがいいっていつも思っている。

それもこれも――浬世のことがずっと好きだから。

幼い頃、浬世のことは弟みたいな感覚でしかなくて、守ってあげなきゃって思っていた。

でも、そんなの何年も経てば、あっという間にぜんぶひっくり返る。

今は関係を壊さないために幼なじみとしてそばにいるけれど、もう小さい頃みたいな守ってあげなきゃいけない浬世は、どこにもいない。

誰もが羨むような完璧すぎる顔立ち。

ぱっちりの二重に、惹きつけられるアーモンドアイ。

鼻筋はきれいに通っているし、まつ毛だって男の子なのに、すごく長くてふさふさしてる。

顎のラインがシュッとしていて、顔もすごく小さい。

身長なんて気づいたらわたしを追い抜いて、180センチまで伸びてスタイル抜群。

そんな要素をもっていたら、女の子たちが放っておくはずもなく、湦世はすごくモテる。
周りにいる男の子とは比べものにもならないくらい、容姿が整っているから。
それを生かして、湦世は中学3年生の頃から“ある仕事”をしている。
「湦世ってば！　起きなきゃ学校遅刻するよ！」
「んー……。昨日の撮影で疲れたからもっと寝たい。ってか、寝かせて」
「疲れたのはわかるけど……。学校もちゃんと行かないと」
「めんどい……」
「行けるときに行かないと、出席日数足りなくなっちゃうよ。また明日も仕事で1日休むんだから」
「はぁ、だるい……。いっそのことスタジオが風で吹き飛ばされたらいいのに」
「そんな不謹慎なこと言わないの！」
“撮影”とか“仕事”とか“スタジオ”とか。
これで大体の人は、湦世がどんなことをしているのか、わかってくる。
わたしの幼なじみ、神崎湦世は――今をときめく人気モデル。
同世代で湦世を知らない子は、いないんじゃないかってくらい。
湦世が街を歩けばキャーキャー黄色い声が飛んでくるし、握手やサインを求められたり声をかけられたりするのは日常茶飯事。
　ファッション雑誌の専属モデルをやっていて、ほとんど表紙を飾っている。
　ファンクラブもできちゃってるらしく。
　浬世の人気は今、爆発的に来てるわけで。
　スケジュールはいつもパンパンだし、最近あまりしっかりした休みを取れていないみたい。
　いちおう、まだ学生だから高校にも行かなきゃだし、仕事もあるし……という感じで、浬世は平凡なわたしとは違って、ものすごく忙しい毎日を送っている。
「……撮影長いし依茉といる時間減るから無理、死ぬ」
「帰ってきたらいつも一緒にいるじゃん」
「俺は依茉が足りないのに」
「そ、そんなこと言ってないで、ちゃんと起きて早く支度して……！」
　毎朝こんなやりとりばっかり。
「……んじゃ、依茉がギュッて抱きしめてくれたら起きる」
「も、もう……っ」
　結局、浬世のわがままを聞くことになるわたし。
　甘えたがりなのは、昔から変わんないんだから。
「……依茉ってさ、すごいやわらかいね」
「それ失礼すぎるよ！」
　だって、間接的にデブって指摘してるってことでしょ？
「ずっと抱きしめたくなるくらい、すごくいい身体してるよねって話」

「なっ……！　あ、朝からそんなハレンチ発言禁止!!」
慌てるわたしとは対照的に愉しそうな顔をして、からかうような声でククッと笑いながら。
「ハレンチって。そういう依茉のほうが、やらしーこと考えてるんじゃない？」
ギュッと抱きしめる力を強くして、わざと腰のあたりに手を添えて身体をさらに密着させてくる。
「俺以外の男が依茉に触れるのとか無理すぎるし、依茉の身体ぜんぶ俺のだから」
「ちょっ、身体ぜんぶってなんかおかしい……っ！」
「おかしくないって。依茉に触れていいのは俺だけなの」
腰にあるほうとは逆の手が、何やら布団の中でゴソゴソ動いて。
「やっ……どこ触ってるの」
「依茉のやわらかい太も──」
「く、口にしないで……!!」
近くにあった枕を思いっきり浬世の顔に投げつけて、寝室を飛び出した。

「……何もあんなふうに投げつけることないじゃん」
「あ、あれは暴走した浬世が悪いもん！」
やっとベッドから出て、今ようやく学校に行く支度をしているところ。
あれからいったん自分の部屋に戻った浬世。
制服に着替えてきたのはいいけど。

「な、なんでそんな中途半端な着方なの……！」
　ブラウスのボタンは途中までしか留めてないし、ネクタイなんて締めるどころか首からぶら下げてるだけだし！
　季節的にまだ春だから、そんなに寒くないだろうけど……！
「依茉に着せてもらおうと思って」
「そ、そんな格好で近づいてこないで……っ」
　目のやり場に、ものすごく困る……！
「……いーじゃん。俺と依茉の仲なんだから」
　わたしが慌てて困ってるのなんか、お構いなし。
　ってか、浬世はわたしを困らせて、あたふたさせるのを勝手に愉しんでるから。
「ほーら、ボタンとネクタイちゃんとやって」
「うぅ……」
「依茉がやってくれないならガッコー行かない」
「ずるいよサボり魔……」
　なんだかんだ、うまく言いくるめられちゃう。
「早くやってよ」
　視点をひたすらブラウスにやるけど、チラチラ見える浬世の身体がセクシーすぎて耐えられない……っ！
「ぅ……もうやだ……」
「何がやなの依茉ちゃん？」
　フッと笑いながら、下からすくいあげるように顔を覗いてくる。
　しっかり絡む視線に、ドキッと心臓が跳ねる。

「イジワルしないで……っ」
「だって、かわいー顔するから」
「か、可愛くない……っ」
「依茉は世界一ウルトラスーパー級にかわいーよ」
　若干棒読みだし、ぜったい世界一とか思ってないし、ウルトラスーパー級って何それ。
「そんな可愛いうれしくないもん……」
「じゃあ、どんなかわいーならうれしい？」
　うぅ……その聞き方ずるいんだってば。
　わたしが浬世に“可愛い”って言われるたびに、いちいち顔を赤くして恥ずかしがるから。
　それをわかっていて、わざと聞いてくるから、あざとくてずるいの。
「……ほんとはどんなかわいーでもうれしいくせに」
「う……」
「ほら、早く制服着せてよ。俺が風邪ひいてもいいの？」
　震える指先にグッと力を入れて、目の前の掛け違えたブラウスのボタンをぜんぶ直して。
　あとは、首からぶら下がってるネクタイを結ぶだけなのに、いつもうまくできない。
「ちょっとかがんでくれないと結べない……っ」
「……ん。これでいい？」
「きゃ……っ、やだ近すぎ……っ」
　少しかがんでくれたらいいのにイジワルな浬世は、わたしがお願いするまで何もしてくれない。

おまけにこうやって頼んだら、ものすごく近づいてキスできちゃいそうな距離まで顔を寄せてくるの。
「依茉が近づいてほしいって言ったくせに」
「そんなこと言ってないもん」
「早くしないと遅刻しちゃうけどいーの？」
「なっ、それなら自分でやってよ……！」
誰のせいで、こんなことになってると……！
「やだよ。依茉が顔真っ赤にして必死に頑張ってるとこ、もっと見たいし」
「うぅ……っ」
やっぱり浬世は、いつだって確信犯。

「ねー、依茉。まだ怒ってんの？」
「お、怒ってないよ」
ようやく支度を終えて、マンションを出てからずっとこの会話の繰り返し。
「嘘つき。マンボウみたいな顔してるくせに」
「なっ、何それ！」
それだけ膨れてるって言いたいの!?
ほんと失礼すぎるよ！
「せっかくのかわいー顔が台無しだよ依茉ちゃん」
またそうやって、簡単に可愛いって言うんだから。
「もういいもん」
ひとりでスタスタ歩いていくと、急に右手をグイッとつかまれて。

「依茉が俺のこと突き放すなんて100万年早いんですけど」
「ひゃ、ひゃく……まん……」
「だから、俺とこうしてないとダメ」
　ギュッと繋がれた手は、わたしよりずっと大きくて、ゴツゴツしていて、しっかりした男の子の手。
　浬世が普通の男子高校生なら、こうして手を繋いでいたって何も問題ないはずなんだけど。
「えっ、あれって浬世くんじゃない!?」
「やだ、女の子と手繋いでるじゃん!?　隣にいる子もしかして彼女とか!?」
　すっかり頭から抜けていたけど、浬世が街を歩けば注目を浴びるのは必然で。
「雑誌で見る浬世くんもいいけど、やっぱり実物がいいよね！　かっこよすぎじゃない!?」
「ほんとそれ！　こっち向いてくれないかな!?」
　浬世が、わたしの顔を覗き込むように近づいてくれば。
「キャー！　何あれ距離近くない!?」
「わたしもあんな近くで浬世くんに見つめられたーい！」
　それを見ている周りの子たちから、騒がしい声が聞こえてくる。
　今も学校まで歩いているところだけど、すれ違う人たちがみんな浬世のことを見てる。
　たぶん、どこかで見たことある顔だからとか。
　もしくは、ものすごく顔立ちのいいイケメンが歩いているからとか。

主(おも)に女の子たちの盛(も)り上がっている会話が、いたるところで聞こえてくるわけで。

これも慣れたといえば慣れたけど……。

同世代のファンが多いから、こうやって騒がれちゃうのは仕方ないよね。

「ねー、依茉。なんで手握(にぎ)り返してくれないの？」

肝心(かんじん)のご本人は、周りの視線や騒がしさにまったく気づいてないというか、気にしてないみたい。

外でこんなふうにベタベタするのは、いい加減(かげん)やめなきゃいけないこと。

ずっと注意してるのに「俺は周りなんてどーでもいいし。依茉に触れたいから触れるだけ」とか言うから。

「ま、周り……。ファンの子とか見てるから」

「別にいーじゃん」

「ダメだよ。ファンの子は大切にしないとだし、こんなところ見られたらいろいろ誤解(ごかい)されるよ……」

さっきも、わたしのこと彼女だと思っている子もいたし。

「んじゃ、依茉以外のいろんな女の子に愛想(あいそ)振りまいてればいーの？」

そういうことを言いたいんじゃなくて。

もっと自分の人気と立場を、自覚したほうがいいって言いたいだけなのに。

「ははーん、それでいつものように痴話喧嘩(ちわげんか)しちゃったわけね～」

「だって、浬世が周りのこと全然気にしないのが悪いんだよぉ……」
あれから浬世とは、ひと言も喋らずに登校。
「まあ、依茉も強がって素直じゃないところあるからね〜」
「強がってないもん……」
ちなみに今、話相手になってくれているのは中学からの付き合いの月原未来ちゃん。
いつも、浬世のことで相談に乗ってもらってる。
わたしがずっと浬世を好きだってことも知ってる。
「ってかさー、依茉と神崎くんはどう見ても幼なじみ以上じゃん。なのに、なんで付き合わないのかね〜」
「そんなのわたしに聞かれてもわかんないよ……」
「それと神崎くんが今モデルやってるのも不思議だよね〜。依茉の話を聞いてると、モデルの仕事を好きでやってる感じしないじゃん？」
そうなんだよ。浬世は、いつも撮影だるいとか休みたいとか言ってばかりで。
そんなに嫌ならやめたらいいのに、ずっと続けているし。
きっかけはなんだったんだろう。
ふと、数年前の出来事が頭をかすめた。

たしか、あれは中学２年生のとき。
気持ちを伝えるチャンスはあったんだ。
この頃から、わたしは浬世のことが好きで。
でも浬世は、わたしのことを幼なじみ以上の対象として見てないと思っていたとき。
『ねー。依茉ってさ、どーゆー男がタイプなの？』
　いきなりすぎて、びっくりした。
　だって、こんなふうにストレートに聞かれたことは、一度もなかったから。
　そこで浬世みたいな男の子がタイプだって、素直に言えたらよかったのに。
　わたしの好きって気持ちと同じくらいの想いを返してくれないと嫌だって、自分勝手なわがままが邪魔(じゃま)をした。
　もし、浬世のことが好きって伝えたとして。
　気持ちが通じ合わなくて、今の関係が崩(くず)れてそばにいられなくなるのは避(さ)けたかったから。
『……かっこいい人』
『いや、具体性なさすぎ』
『か、髪が明るくて、背がものすごく高くて、シルバーピアスとかが似合う……女の子たちみんなが騒ぐような、かっこいいモデルみたいな人がいい……！』
　見事に、その頃の浬世と正反対のことを並(なら)べてしまった。
　ただの強がり。素直になれなくて、自分の気持ちを隠したかっただけ。
　中学の頃の浬世は黒髪で、おまけに背もそんな高くなかったし。
　ピアスなんかしてるわけもなく。
『へー……。依茉はそーゆー男がタイプなわけね』
　結局、なんでそんなことを聞かれたのかわからず。

気持ちを伝えるチャンスも逃したまま。

その1年後の中学3年生になったとき。

浬世から突然告げられたこと。

『俺さー、モデルやることにした』

まさかのまさか。普段から何事にもやる気がなくて、面倒くさがり屋の浬世がモデルをやるなんて、聞いたときは耳を疑った。

どうやら街でスカウトを受けたらしく、それをオーケーしたみたいで。

そこから浬世はモデルの世界に飛び込んで、一気に人気モデルの地位までのぼりつめた。

高校に入学してからは校則がゆるいのもあって、真っ黒だった髪は明るめに染めて、おまけに片耳にピアスまであけて。

高校2年生になった今のわたしたちの関係に、大きな変化はなかったけれど……。

どんどん変わっていく浬世を見て、自分だけが置いてけぼりになっているような感覚で。

それと同時に、何が浬世の心をここまで動かして、モデルの世界に飛び込んだのか気になるばかり。

「え……ま」

「……」

「依茉ってば！」

「へ……？」

「もう、さっきからボーッとして、急に黙るから心配するじゃん！」

いけない、未来ちゃんと話していたのをすっかり忘れて、自分の世界に入り込んでいた。

「ちょ、ちょっと昔のこと思い出しちゃって」

結局、浬世の考えていることは、いまだによくわからないまま。

幼なじみだから、他の子よりはわかっているつもりだけど、気持ちまではわからないから難しい。

「とにかくさ、依茉も素直になって早く付き合っちゃえばいいのに〜」

「うぅ……そんな簡単じゃないもん……」

昔と今じゃ、わたしと浬世は住む世界が違う。

わたしは何も変わらず平凡なままだけど、浬世はすごい世界にいるから。

きっと、わたしより可愛いモデルの子と撮影で一緒にもなるだろうし。

あれだけルックスがよかったら、ファンの子たちだってどんどん夢中になるだろうし。

もし浬世が、わたしよりも大切な存在を作ってしまったら……今の関係が簡単に壊れちゃうのが怖い。

雑誌に載って活躍してる浬世を見るたびに、うれしくないわけじゃないけれど。

同時に——こうやってたくさんの人の目に触れることで浬世がいろんな人に知られて、どんどん遠い世界の人になっていくような気がして。

幼なじみのわたしなんて、いつかファンの子たちに埋もれて、浬世の目に映らなくなるんじゃないかって、不安な気持ちに駆られるばかり。

「いつまでも幼なじみ止まりじゃ先に進めないよ～？　早いとこ彼女の座を取っちゃえばいいのに」

未来ちゃんは簡単に言うけど、現実は難しいわけで。

「マネージャーさんが言ってたこと、まだ気にしてるの？」

「うん……」

わたしが浬世に気持ちを伝えられない大きな理由が、素直になれない以外に、もうひとつあったりする。

まだ浬世がモデルになったばかりの頃。

スタジオに来てほしいって、浬世にお願いされて行ったときのこと。

偶然、浬世とマネージャーさんが話しているところに遭遇してしまって。

立ち聞きするのはよくないと思って、その場を去ろうとしたんだけど。

そのとき聞いてしまった。

マネージャーさんの口から「モデルの世界に入ったからには恋愛は禁止」だってこと。

今まで好きって伝えるチャンスはたくさんあったくせに、素直になれずに逃げてばかりだから、バチが当たったのかもしれない。

もう好きって伝えることすらできなくなって、ひそかに胸の中で想うことしかできない。

もっと早くに、気持ちを伝えていたらよかったのに……なんて、後悔しても遅いわけで。

それ以来、わたしは自分の気持ちを伝えることが、もっとできなくなった。

でも……浬世が甘えるのも、無防備な顔を見せるのも。

ぜんぶ――わたしだけが独占できたらいいのにって。

そう思っちゃうわたしは、いつしかとても欲張りな人間になっていた。

夜はもっと甘えたがり。

迎(むか)えた放課後。

たしか浬世は今日も撮影があるから早退してるはず。

結局、朝から今まで口を聞いていない。

というか、話す機会がない。

わたしたちの学校は、普通科と特進科と芸能科に分かれていて。

わたしは普通科で、浬世はもちろん芸能科。

学科が違うので校舎も別々。

だから、学校内ではほとんど会えない。

噂(うわさ)によると、教室にいるときの浬世は、ほとんど寝てるらしい。

浬世は仕事をしてないオフモードのときでも、ファンの子に話しかけられたらきちんと対応するし、クラスの女子たちに騒がれても嫌な顔はしないみたい。

そういうところはしっかりしてる……はず。

わたしがそばにいるときは、わたしのことを優先してばかりで、周りが見えてないときもあるけど。

たとえば今朝みたいに、人目を気にせずに手を繋いじゃうところとか。

とりあえず浬世は今日撮影で帰りが遅いだろうから、晩ごはんはひとりかな。

学校を出て、スーパーに寄ることにした。

マンションに帰ったら、いつもなら真っ先にキッチンに立つんだけど。
疲れたのか帰ってきた途端(とたん)ベッドに倒れ込んだら、ものすごい睡魔(すいま)に襲(おそ)われた。
少し……30分くらい寝てから晩ごはんの支度をしよう。
そう思って、重たいまぶたをゆっくり閉じた。

眠り始めて、どれくらい時間が経ったんだろう……？
身体を少し動かしたら、自分以外の体温を感じるし、さっぱりした柑橘系(かんきつけい)の匂(にお)いがする。
「……ん、り……せ……」
「なーに、依茉」
ゆっくり目を開けたら、ほぼ目の前に浬世の整った顔。
ん……？　あれ、なんで浬世がここに？
帰ってきてから、ひとりで寝ていたはずなのに。
「なんでここにいるの……？」
「依茉に会いたかったから」
不意打ちのストレートな言葉は心臓に悪いの。
「なんで……？」
「聞かなくてもわかるでしょ。俺は依茉の顔見て抱きしめないと落ち着かないの」
朝から口を聞いていなかったのが嘘みたい。
でも、いつもこうやって自然と仲直りっていうか、気づいたらもとどおりになってる。
「……さっき仕事終わって帰ってきた」

「お、お疲れさま」
「……疲れたから依茉がたくさん癒して」
　これでもかってくらい、身体をギュッと密着させてくる。
「癒すって……何したらいいの？」
「俺がよろこぶことわかんない？　考えてみなよ」
「疲れたからマッサージとか？」
「いや、なんでそーなるの」
　だって、撮影が何時間も続いて大変だっただろうから、マッサージしてほしいのかなとか思うじゃん。
「依茉って変なところ頭弱いよね」
「むっ……」
「そんな弱いとこもかわいーけど」
　出ましたよ、浬世のかわいー攻撃。
「浬世の可愛いの基準わかんない」
「依茉が基準だけど」
「イミワカンナイデス」
　本気で思ってるのかも怪しいところ。
「俺の癒しは依茉に触れること。それくらいわかってよ」

　結局、あれから浬世はわたしを抱きしめたまま、30分くらい離してくれなかった。
　そして、今ようやく解放されて晩ごはんの支度中。
　いつもより遅くなったので、急いで簡単なものを作る。
　浬世は、どうやら撮影の合間に食べる時間がなかったみたいで、一緒に作ってあげることにした。

ちなみに浬世は今お風呂に入っている。

せっかく自分の部屋を借りているのに、浬世はほとんどわたしの部屋で過ごしてばかり。

しかも浬世は、部屋の家賃も生活費もぜんぶ自分で支払っているからすごい。

おまけに、わたしの生活費まで出してくれている。

そこまでしなくても大丈夫だよって強く言っているのに「だって、俺が依茉の部屋でばっかり過ごしてるから、いろいろ費用かさむじゃん」って。

ちなみにわたしは浬世の部屋の合鍵を持っているし、浬世もわたしの部屋の合鍵を持っている。

だから、お互いの部屋の行き来ができるのは当たり前。

だけど、結局いつも浬世がこっちの部屋に来ちゃうから。

そういえば、わたしから浬世の部屋に行ったこと、あんまりないかも……なんて思っていたら。

「……えーま」

「ひぇ……っ」

急に背後に立たれて、おまけに耳元で喋られたせいで、びっくりして菜箸が手から落ちそうになった。

「……って、なんで服着てないの……!!」

後ろを振り返ったら浬世がいて、下はグレーのズボンをはいてるくせに、上は首からタオルをぶら下げているだけで何も着てないから困っちゃう。

今もまだ濡れている髪が妙に色っぽく映る。

「……風呂上がりだし」

　浬世は気にしないかもしれないけど、こっちの身にもなってよ……！　目のやり場に困るから！

「お願いだから服ちゃんと着て……！　裸で歩き回らないで……！」

　さっきから距離が近いし、浬世の濡れた髪から滴が落ちてくるから少し冷たい。

「依茉さー、いい加減慣れたら？　俺の裸なんて何回も見てるでしょ」

「なっ、何回も見てないし……！」

　ってか、見たくて見てるわけじゃないし、浬世が勝手に見せびらかしてるだけじゃん！

「俺の身体どう？」

「んなっ、変なこと聞かないで……！」

　顔をグッと近づけてくるから、手のひらで思いっきりブロックして押し返す。

「何この手。クソ邪魔」

　うわ出た。自分が気に入らないことがあると、たまにものすごく口が悪くなるやつ。

「近すぎるんだってば……っ！　今ごはんの支度してるからあっちにいてよ……！」

「……何それ。依茉に触れるの我慢しろっていうの？　はぁ、無理死にそう。明日仕事なんて休む」

「そんなこと言っちゃダメ！」

「俺たぶん依茉に触れてないと死ぬ」

　ずるいことばっかり。簡単にドキドキさせられちゃう。

心臓がギュウッて縮まって、身体中の血液がドバッと一気に心臓に集まってる。
「今はダメ……っ」
「……じゃあ、今じゃなきゃいーの？」
こんな甘えたなわがまま断れない。
わたしって、ほんと浬世にとことん甘いと思うの。
「い、いいよ」
あぁ、言っちゃった。
こうなったら、寝るとき浬世が満足するまでぜったい離してもらえない。
「……たのしみはあとにとっておくのもいいね」
フッと笑って、やっと離れてくれた。
いつも浬世のペースに流されてばかり。
嫌だって拒否もできるけど、浬世はわたしが拒否しないってわかっているから。
惚れた弱みってやつかも。
「ねー、依茉」
「な、なに？」
「晩ごはん何作ってんの？」
少し離れたところで、シャツを着ながら聞いてきた。
「ってか、唐揚げとかハンバーグとかコロッケ食べたい」
「揚げ物はダメだよ。太るよ」
体型維持が大事だって、マネージャーさんにいつも言われているのに、食生活とかあまり気にしないし。
だから、こうやって料理するときはバランスを考えて作ってあげているのに。
　用意した晩ごはんを食べ始めると、浬世が不満そうな顔をしている。
「……ささみじゃんこれ。パッサパサ」
「文句言わないの！　ヘルシーで美味しいんだから」
「あとトマトもレタスもキャベツも嫌い。こんな草食べたくない。俺は牛になりたいわけじゃないのに」
　モデルをやってるくせに、ヘルシーな食事を嫌うし、とくに野菜はぜったい食べたがらない。
「ダメだよ。田城さんにも言われてるじゃん。好き嫌いしないでちゃんと食べなさいって」
　田城さんとは、浬世がデビューした頃からのマネージャーさん。
「田城は鬼だから。俺が頭が腹痛だから仕事休みたいって言ったのに、休ませてくれないし」
　日本語めちゃくちゃすぎ。
　不満そうに愚痴を漏らしながら、フォークに野菜をグサグサ刺して、わたしのお皿に移してくる。
「もう、ちゃんと食べて」
「無理。野菜アレルギーだから」
　こうやって何かと理由をつけて食べないんだから。
「トマト食べると貧血になるらしいよ」
　いや、何その嘘情報。
「レタス食べたら発熱するらしいよ」
　いや、聞いたことないし。

「キャベツ食べたら胸大きくなるらしいよ」

いや、それわたしに対する嫌味か！

結局、サラダにはまったく手をつけないで、好きなものだけ食べちゃってる。

なのに、なぜか浬世のスタイルは崩れない。

おまけに、食後にケーキをふたつもたいらげるし。

それでなぜ太らないのか謎でしかないんだけども……!!

まさにモデルになるために生まれてきたような、羨ましいスタイルと体質。

好きなものだけ食べても太らないなんて、不公平すぎませんか神様。

晩ごはんが終わったあと、ふたりでソファでテレビを見ていたら。

「ねー、依茉。つまんない、ものすごくつまんない」

「いひゃい……。ほっぺつねりゃにゃいで」

せっかくドラマをリアルタイムで見てるのに、横からおじゃま虫が登場。

「さっきから俺の相手してくれないじゃん。そんなにテレビが好きならテレビと結婚すれば」

どういうやつ当たりの仕方なの。

そんなあからさまに態度に出さなくてもいいのに。

「早く俺の相手して」

「やだよ。せっかく人気の俳優さん出てるのに見逃したくないもん」

「ふーん。依茉はこんなダッサイ髪型の煎餅(せんべい)みたいな顔の男が好(この)みなわけ？」

　ものすごく拗ねてるし、おまけにものすごく失礼な発言しちゃってるし。

「人気の俳優さんなのに失礼だよ。それにこの人、今みんなかっこいいって注目してて……」

「俺は全然注目してないし、煎餅にしか見えないんだけど」

　いや、そんなこと言われても。

「依茉は俺よりも画面に映るコイツのほうがいーの？」

　グイグイ迫(せま)ってきて、気づいたら目線はテレビじゃなくて浬世を見ていた。

　自分のほうに気を引かせようとして、わざと指を絡(から)めてギュッと手を握ってきたり。

　目線をそらしたりもしない。

「依茉は俺だけ見てればいいのに。他の男なんて見てほしくない」

　ずるいよ、その独占欲。

　ほんとは浬世しか見てない、見えてない。

　いつだって、浬世のことでいっぱい。

「浬世だけ……見てる……よ」

「ほんとに？」

「……うん」

「ってか、依茉の視界に入る男全員この世(よ)から抹殺(まっさつ)してもいいくらいだよね」

「……うん。……んん？」

　えっと、途中からものすごくおかしな流れになってるような。

「んじゃ、もうテレビ消していいよね？」

　プッツンと切られて、真っ暗な画面になっちゃった。

　相変わらずマイペース全開で好き放題。

「それよりさ、俺いま猛烈に眠いから早く寝よ」

「えっ、ちょっ……やだ、おろして！」

　脇の下と膝の裏に浬世の手が触れる。

　そのまま身体を持ち上げられて、強制的に寝室へ。

　人のドラマ鑑賞の妨害までしてきて。

　おまけに自分が眠いからって、わたしまでベッドに連れて行くなんて。

「んじゃ、おやすみ。いい夢見れそうだね」

「いい加減もう少し離れて！」

「依茉の分際で俺に指図するとかイミフメー」

　それはこっちのセリフだし、分際とか何気にものすごく失礼だし！

　いつものごとくガッチリ抱きついてくる。

　おまけに足を絡めて、完全に抱き枕にされてる。

「そんな強く抱きしめないで……っ！」

「おとなしくしよーね、依茉ちゃん」

　“依茉ちゃん”なんて、わざとらしくそんな呼び方して。

　わざとだってわかっているのに、心臓がギュウッていちいち縮まるから。

「うぅ……バカ……っ」

　結局、浬世の思うがままに腕の中におさまっちゃう自分はすごく単純。

「とか言って、俺に抱きしめられるの好きでしょ？」

　うっ……ぜんぶお見通し。

　浬世に触れられて抱きしめられたら、ドキドキして身がもたないけど……嫌いじゃない。

「ねー、ちゃんと答えてよ」

「う……っ」

「俺は好きだよ」

　もうやだ。不意打ちの好きはずるいどころじゃない、心臓の音が騒がしくなる。

「えーま」

「ひゃっ……やだ、どこ触ってるの……っ」

　腰にある手がゆっくり動いて身体を撫(な)でて。

　反対の手が顎に触れて、クイッと上げられた。

　心臓はドキドキで、顔に熱が一気に集中。

　なんでかわからないけど、瞳(ひとみ)に少しだけジワッと涙(なみだ)がたまる。

「……そんなかわいー顔しないで」

「っ……？」

「……ずるいね。俺の理性おかしくなりそう」

　何がずるいのかわかんない。

　それに、ずるいのは浬世のほう。

「……やっ、服の中……ダメ」

「何がダメなの？」

「ひゃっ……う……っ」

　イジワルな手つきで背中をじかに指で軽くなぞられて、自分のとは思えない声が出てきちゃう。

　抑(おさ)えようとして口元を手で覆(おお)うけど、そんなことしたら余計に刺激(しげき)を与えてくるから。

「……声抑えないで聞かせて」

「や……だっ、手抜いて……っ」

　こんなのぜったいおかしいもん。

　普通は幼なじみ相手にこんなことしないよ。

　わたしのこと幼なじみ以上として見てないくせに。

　なのに、こんな甘い触れ方してくるなんて……。

「んじゃ、教えて。俺に触れられるの嫌いじゃない？」

「ぅ……」

　答えようとしても、浬世がわざと手を動かしたり、耳元にキスをしてくるから、うまく声が出てこない。

　だから、首を一度だけ縦(たて)にコクッと振ると、浬世がフッと笑った。

　そして、服の中に入っていた手がピタッと止まって。

「……ってかさ、なんで何もつけてないの？」

「へ……っ？」

「キャミソールだけ？」

「え、あっ……」

　一瞬(いっしゅん)、理解できなくて思考がグルグル。

　でも、浬世が背中の真ん中あたりを指でトントンして。

「……さすがにこのままはダメでしょ？」

「ぅ……」

　ようやく意味を理解して、顔がさらにブワッと熱くなる。

「まさかつけ忘れたの？」

「そ、そんなこと聞かないで……っ」

「依茉ってほんと無防備だよね。俺が男だってちゃんとわかってんの？」

「わ、わかってる……っ」

「んじゃ、それわざと？」

　肌(はだ)にスースー冷たい空気が触れたまま。

「誘(さそ)ってるようにしか見えない」

「ちがう……もん」

「依茉はそーゆー気なくても、俺は欲情(よくじょう)しちゃうよ？」

「っ、そんなこと言わないで」

「依茉知ってるよね？　俺が我慢するの苦手なこと」

「……っ？」

「触れたいと思ったら止まんないよ」

　頬(ほお)や首筋(くびすじ)、耳元にキスがたくさん降(ふ)ってくる。

　身をよじって逃げようとしたら、腰に手を回してグッと引き寄せてくる。

「……ここにしたらダメ？」

　キスが止まって、浬世の指がわたしの唇(くちびる)にグッと押しつけられる。

　ダメって意味を込めて首を横に振る。

　すると、浬世の表情はあっけなく不満そうに崩れた。

「……ここでダメとか半殺しだよね」

「ぅ……止まってくれなきゃ怒るよ……っ」

　無いに等しい力で、浬世の身体を押し返す。

「はぁ……俺死ぬのかな」

「そんなこと言わないで」

「ここで我慢とか拷問(ごうもん)じゃん」

　わたしは浬世のことを幼なじみとして見てないけれど。

　今の浬世が、わたしのことをどう思っているのかなんて、わかるわけない。

　はたから見たら、幼なじみを超えてるように見えるのに。

　浬世は一度だって、わたしに“好き”の２文字を伝えてくれたことはないから。

　幼なじみなら、こんなことしないって強く言い返せたらいいのに。

　何も言えないまま、いつも流されてしまうから。

　いつまでも幼なじみ止まりのまま――。

いつもと違う幼なじみの本気。

「はぁぁぁ……。だるいから帰りたい。ってか寝たい」
「今日も放課後に撮影あるんでしょ？」
いつもと変わらないお昼休み。
浬世は通常運転で「だるい」「帰りたい」を連呼（れんこ）している。
「依茉不足だから仕事休む」
「田城さんに怒られちゃうよ」
「怒られたらやめる」
「そんな子どもみたいなこと言わないの」
「ずっと依茉に引っついてる仕事したい」
なんて言いながら、わたしの肩（かた）にコツンと頭を乗せて寄りかかってくるの。
ちなみに今は誰もいない屋上（おくじょう）で、浬世とふたりっきり。
お昼休みはほとんど教室で過ごすけど、今日は浬世が一緒に食べようって誘ってくれたから。
「……ってか、今日の撮影依茉も来てよ」
「んえ？」
突然の提案にびっくり。
そういえば……浬世がスタジオで撮影してるのを見学しに行くのは久しぶりかもしれない。
見に行くのが嫌なわけじゃないけど。
ただ……モデルの仕事をしているときの浬世は、ものすごくかっこよくて──そんな姿を見たら、もっともっと好きになりそうだから。
「ねー、いいじゃん。依茉がいてくれたら、撮影いちおう頑張るから」
「いちおうって……」
　口ではやる気がなさそうで、ほんとに普段ちゃんと仕事してるの？って感じだけど。
　スタジオでカメラを向けられているときの浬世は、スイッチが入ったようにモデルの顔になる。
　どんな人気俳優よりも、同じメンズモデルよりも、浬世がいちばん輝きを放っているから。

　迎えた放課後。
「おー、依茉ちゃん久しぶりだね」
「お久しぶりです、田城さん」
　結局、今日だけスタジオにお邪魔することに。
　浬世と門の外で待ち合わせをして、今マネージャーの田城さんが車で迎えに来てくれたところ。
　田城さんは明るめのフレンドリーな男の人で、年齢はたぶん30歳くらい。
　いつも浬世を学校からスタジオまで送り迎えしたり、スケジュール管理をしたり。
　マネージャーさんって、ほんとに大変そう。
「依茉ちゃんが一緒ってことは、今日の浬世には期待できるな～」
「何それ。いつも期待してないわけ？」

「いーや？　期待はしてるけど、お前カメラ回ってないところだと、ものすごくやる気ないから心配なんだよ」

田城さんが車を運転しながら、そんなことを口にする。

「撮影めんどーだし時間かかるし。依茉と一緒にいる時間削られんのがいちばん無理」

「ははっ、お前はほんと依茉ちゃんのことしか考えてないんだな」

「俺の世界は、かわいー依茉ちゃん中心で回ってるからね」

浬世は簡単に「かわいー」って言うけど、ほんとに思ってるのかわかんない。

「んじゃ、そのかわいー依茉ちゃんにかっこいいところ見せられるように頑張れよ？」

「はいはーい」

返事がものすごくテキトー。

この会話だけ聞いていると、とても撮影に臨めそうには見えないけれど。

きっと、わたしがいなくても浬世はカメラが回った途端、人が変わったように切り替わるから。

少し前までは、こうやってスタジオに行っていたからよくわかる。

車が無事に撮影スタジオの駐車場に到着。

田城さんと浬世が前を歩くので、わたしはふたりの後ろをついていくだけ。

外装が真っ白の建物。

そんなに大きくはなくて、5階建てくらい。

中に入ってエレベーターで目的の階へ。

「おーい、浬世。頼むからカメラ回ったらシャキッとしろよー？」

だるそうに歩く浬世を心配しているのか、田城さんが声をかける。

「はいはい。いつもシャキシャキしてまーす」

「どうだかなー。んじゃ、俺は打ち合わせあるから先にスタジオ行っててな。依茉ちゃん、浬世のこと頼むね？」

「えっ、あっ、はい」

頼まれちゃったけど、正直どうしたらいいのやら。

そのまま浬世がスタジオに入ったので、控(ひか)えめに後ろからひょこひょこついていくだけ。

よく考えてみたら、ここは普通の女子高生が見学できる場所じゃないような。

「あ、あの浬世？　わたしやっぱりスタジオの外で待ってるよ。邪魔だろうし……」

「……は？　それじゃここに連れてきた意味ないし」

ムスッとした顔をして言った。

「俺がなんで依茉をここに連れてきたかわかんない？」

「え、えっと……浬世の気分とか？」

「違う。依茉に見ててほしいから」

スタジオの中には、わたしたち以外にいろんな人がいるっていうのに、お構いなし。

わたしの手をギュッと握って、おまけに顔を近づけてきて……おでこがコツンと軽くぶつかる。

「普段の俺と違うところ見てて」
「っ……」
　さっきまで、だるそうでやる気なさそうだったのに、今はフッと軽く笑って。
「……んで、帰ったらたくさん甘やかして」
「ぅ……」
　散々わたしに甘いことを言った浬世は、着替えのためにいったん別室へ。
　わたしはどこにいたらいいのかわかんなくて、とりあえず他の人の邪魔にならないように端(はし)のほうへ移動。
　モデルでもないわたしがいるのは、かなり場違いな感じ。
　カメラの機材を準備している人や、照明(しょうめい)の調節をしている人。
　カメラマンさんや、アシスタントさんたち。
　いろんな人が、浬世の撮影のために動いている。
　いつも浬世は撮影が嫌だとか、だるいとか文句ばかり言っているけれど。
　なんだかんだ、撮影を休んだりはしない。
　きっとわかってるんだ。
　自分のためだけに、これだけの多くの人が動いて、自分が簡単に休めばいろんな人に迷惑(めいわく)をかけてしまうこと。
　それと……雑誌を買ってくれる読者さんたちが待っているから。
　モデルの世界なんて、素人(しろうと)のわたしには何もわからないけれど。

ここにいる人たち全員が、浬世のためだけに動いてるって考えたらものすごいこと。
だからこそ、浬世はその人たちの力を無駄(むだ)にできないだろうから、全力で撮影に臨まないといけない。
撮影は放課後から始まると、２時間くらいかかるっけ。
休みの日は、もっとかかることもあったり。
これを何年もこなしている浬世はすごいと思う。
なんて……ひとりでそんなことを考えていたら。
「あー、依茉ちゃんだ。久しぶりだね」
「え、あっ、瑠衣(るい)くん？」
「そうそうー。覚えててくれてうれしいよ」
さらっと現れて、声をかけてくれた男の子。
間宮(まみや)瑠衣くん。
浬世と同じ事務所に所属(しょぞく)していて、わたしたちと同い年で同じ学校に通っている。
瑠衣くんも浬世に負けないくらいの人気モデルさん。
浬世とは違って、サラッとした黒髪に端正(たんせい)な顔立ち。
モデルさんなので、それはもうすごくかっこいいわけで。
スタイルだって抜群。
背は高いし、脚(あし)も長いし。
「珍(めずら)しいね。依茉ちゃんがスタジオに来るなんて。浬世に誘われたの？」
「う、うん。ほんとはあんまり来たくないんだけど」
「へぇ。そんなこと浬世が聞いたら、ショックで倒れて撮影サボりそうだね」

「えっ！　じゃあ、今のは瑠衣くんとわたしの間で内緒ってことで！」

　あまり来たくないっていうのは、きちんと理由があったりする……。

　それは、ただ単にわたしの勝手なものなんだけれど。

「神崎浬世くん入りまーす！」

　その声にハッとしたと同時。

　着替えをすませた浬世が入ってきた。

　普段のゆるっとした猫っ毛はワックスでセットされて。

　薄いブラウンのセットアップに、ジャケットの中に着ているのはシンプルな黒のシャツ。

　少し遠くから見てもわかる。

　まとっているオーラが全然違う。

　わたしが知っている普段の浬世はいなくて、完全にモデルとしての浬世がいた。

　思わず見惚れていたら、偶然なのか浬世とバッチリ目が合った。

　けど、なんだかちょっと不機嫌そう？

　そのまま撮影が開始。

　始まってからずっと、シャッター音が鳴り止まない。

　カメラマンさんはもちろん、いろんな人が浬世の周りにいて、そんな中で緊張する様子なんてまったく見せずに仕事をこなしていく。

　撮影前のだるそうな浬世は、どこにもいない。

　シャッターが切られるごとに、普段とは違う表情がたく

カシャ
カシャ

さん見える。

それに浬世は、同じポージングをぜったいにしない。

目が離せなくて、釘付け状態。

こうやって浬世の本気の姿を見たら、どんどん夢中になって虜になるの。

だから、スタジオにはあまり来たくなかったりする。

幼なじみとしての浬世は甘えたがりで、寂しがり屋。

おまけに、わがままで自由奔放で、やりたい放題。

でも、モデルとしての浬世は、たくさんの人を魅了する力を持っていて、わたしの知らない顔をたくさんするから。

そのギャップにドキドキさせられて、わたしばかりがどんどん好きになっちゃう。

「やっぱりスイッチが入った浬世はすごいね」

「……」

わたしはすごくずるい……。

この瞬間を、自分だけが独占できたらいいのにって。

他の子の目に映ってほしくない、わたしだけの浬世でいてほしいって、欲張りになる。

こんなにかっこいい浬世を見たら、きっと今よりもっとファンの子たちが増えちゃう。

それはすごくいいことなんだろうけど、心が狭いわたしは嫌だな……とか思っちゃうわけで。

勝手に不安になるの。

浬世の人気がどんどん上がって、わたしみたいな幼なじみはいらないって、相手にされなくなるんじゃないかって。

ファンの子や同じ世界の可愛いモデルさん。

浬世がいる世界には、わたしみたいな平凡な女子高生よりも輝いている子たちが、たくさんいるから。

いつか、わたしと過ごしてきた時間がすべてリセットされるかもって、不安ばかり煽(あお)られる。

「えーまちゃん」

「へ……っ？」

突然、瑠衣くんがひょこっと顔を覗き込んできた。

「すごいね。俺が話しかけたのに、ずっと浬世に見惚れたままだったから」

「うっ……。いや、そんな見惚れてたわけじゃ……」

「いやいや、ものすごく夢中になって見てたのによく言うよ。俺の声とか聞こえてなかったでしょ」

他人の目から見ても、そんなわかりやすいんだ。

「いいなー。俺も依茉ちゃんにそんなふうに見てもらいたいのに。浬世が羨ましいな」

「……？」

両手を頭の後ろで組んで「浬世には敵(かな)わないのかな」なんて、瑠衣くんのひとり言が漏れる。

すると、何か思いついたのか。

「そーだ。ちょこっとだけ撮影の邪魔しちゃおっか」

「え、えっ!?」

少し大きな声を出してしまって、ハッとしてすぐに自分の手で口元を覆った。

「邪魔なんてダメだよ！　怒られちゃうよ！」

「んー、大丈夫。怒られるのは浬世だから」
「えっ？」
　い、いったいどういうこと？
　頭の中がハテナマークでいっぱい……になっている間に、瑠衣くんがなぜか急にわたしの肩を組んで抱き寄せてきた。
　ん？　んんん!?
　えっ、ちょっと、いきなり何事ですか!?
「さーて。浬世はいつ気づくかな？　っと、早速気づいたみたいだね。すごいこっち睨んでるよ」
「ちょ、瑠衣くん近いよ……っ！」
「いいからいいから。ほら浬世のほう見てごらん？」
　チラッと浬世を見たら、さっきまでの表情が一気に崩れて、今は目線がこっちに向いて睨んでるし。
　顔めちゃくちゃ怖いんだけど……！
「浬世くーん？　急にどうしたの。さっきまでいい感じだったのに！　目線こっちね！」
　なんて、カメラマンさんが一度シャッターを切るのをやめてしまうし。
「あと、表情もう少しやわらかくね？」
　今まで順調だったのに、突然どうしたんだろう？

　そんなこんなで、休憩を挟んだり衣装を変えたり……で、数時間に及ぶ撮影がようやく終了。
「いやー、お疲れさん！　依茉ちゃんのおかげで絶好調だったな！　まあ、途中崩れたところもあったけど」

　田城さんが浬世の肩をポンポン叩きながら言う。

「……それは俺悪くないし。依茉が悪い」

「えぇ、わたし!?」

「どうせ、瑠衣と依茉ちゃんが一緒にいたのが気に入らないんだろ？」

「……」

「図星かー。ほんとお前は依茉ちゃんひと筋だな」

　浬世が黙り込んで会話終了。

　予定だと、このままスタジオを出て、田城さんの車でマンションまで送ってもらうはずだったんだけど。

「あー、また外で待ってる子たちいるよ。困ったもんだねー」

　スタジオ出口の扉を開けた田城さんが、若干都合の悪そうな声で言った。

　何かあるのかなって、チラッと外を見たら数人の女の子たちがいた。

「熱狂的なファンの子たちは撮影場所とか特定して、こうやって外で待って出てくるのを狙ってるんだよねー。さて、どうするかなー。裏に車回すかー」

　たしかに、このまま浬世が外に出ちゃったら騒ぎになりそうだし。

　でも、撮影で疲れた浬世は早く家に帰りたいのか。

「……別にいいよ。それだと面倒だし時間かかるから早くいこ」

　田城さんが困っているのを無視して、外に出てしまった。

「キャー！　浬世くん出てきたよ！」
「どうしよう、本物とかかっこよすぎて直視できなくない!?」
　案の定、浬世を見つけた途端、数人の女の子たちが小走りでこっちにやってきて。
「あの、ずっと浬世くんのファンで……！　いつも雑誌とか買ってます！」
「わたしも浬世くんのことだいすきで……！　よかったら写真とか一緒に撮ってもらえないですか!?」
　あっという間に囲まれちゃった。
　女の子たちは、みんな瞳をキラキラさせて浬世に夢中。
　こういうところを見ると、やっぱり住む世界が違うんだって思い知らされる。
「はいはーい、ごめんね。今ちょっと急いでるから、写真とかはなしで。あと、こういう出待ちはあんまりしないでねー」
　田城さんがファンの子たちが過剰（かじょう）に浬世に近づかないようにブロック。
　その間に、わたしと浬世は車がある駐車場のほうへ。
「いつもあんな感じでファンの子たち待ってたりするの？」
「んー……たまに」
　心が狭いわたしはモヤモヤ。
　わたしだけの浬世じゃないんだから、モヤモヤしたって意味ないのに。
　女の子たちが浬世に夢中になって近づくところを見てい

たら、嫌な気分になっちゃう。

しばらくしてから田城さんが走ってきた。

「いやー、待たせてごめんごめん！　今から車出すから」

どうやら、ファンの子たちをうまくかわしてきたみたい。

田城さんの車に乗せられて、やっとマンションに到着。

車の中で、お疲れさまって声をかけたんだけど、なぜかフル無視。

おまけに目を閉じてムスッとしたまま。

撮影もそうだし、いろいろあって疲れたのかな。

今夜はそれぞれの部屋で過ごしたほうがいいと思ったんだけど。

「……なんでひとりで部屋に入ろうとしてんの？」

マンションに着いて、ようやく口を開いたかと思ったら、そのまま腕を引いてわたしの部屋の中へ。

扉が閉まったと同時、電気もつけずに真っ暗な状態で後ろから抱きしめられた。

「えっと……疲れてるんじゃないの？」

「疲れた、ものすごく疲れた。ってか、誰かさんのせいで今ものすごく腹が立ってる」

「え、えっ??」

疲れたのと機嫌が悪いのダブルパンチ。

戸惑（とまど）うわたしを差し置いて、軽くひょいっと抱き上げられて寝室に連れて行かれる。

そのままベッドの上におろされたかと思えば。

「ねー、依茉。今すぐ脱（ぬ）いで」

「へ……っ？」
「ってか、脱がす」
「えっ、えっ!?」
　カーディガンを簡単に脱がされて。
　リボンもほどかれて、ブラウスのボタンにまで手をかけてくる。
「り、せ……っ、まって」
「抵抗(ていこう)したらめちゃくちゃにするよ」
「うぅ……っ」
　声のトーンと瞳が本気。
　なんでそんな拗ねて怒ってるの。
　薄いブラウス１枚のボタンを、上から慣れた手つきでどんどん外していく。
　抵抗する隙(すき)なんて与えてくれない。
「ぅ……りせ……ってば、止まって……っ」
「脱がすからおとなしくしなよ」
「やだぁ……っ」
　ボタンがぜんぶ外されて、お腹のあたりにスースー冷たい空気が触れる。
　腕をスルッとブラウスから抜かれて、あっという間に身につけていたものをぜんぶ取られてしまった。
　あぁ、今日に限ってキャミソール着てない。
　頭の中でそんなことが浮(う)かぶけれど、そんなのすぐに浬世の甘い刺激のせいで、ぜんぶ頭から飛んでいってしまう。
「……無防備。しかもエロいね」

「っ……」

　耳元で聞こえる声にゾクッとする。

　サイドを流れる髪を、すくいあげるように耳にかけて。

　片方の手で、耳たぶを優しく撫でて。

　首筋のあたりにキスを落としてくる。

　身体の熱がグーンと急上昇。

「……んっ、まって」

「やだ。ちゃんと俺の依茉にならないと無理」

　何言ってるのかよくわかんない。

　別にわたしは誰のものでもないのに。

「そんな……っ、首ばっかりやめて……っ」

「んじゃ、もっと他のとこ攻めていい？」

　抱き寄せられて、視界は浬世のネクタイでいっぱい。

　ただでさえ、距離の近さで心臓バクバクだっていうのに。

「……これもさ、外していい？」

　指でツーッと背中をなぞって、真ん中あたりでピタッと止まる。

　ダメって意味を込めて、首をフルフル横に振る。

　こんなのおかしいもん……っ。

　幼なじみなのに、幼なじみらしくない。

「なんで、そんなイジワルするの……っ」

「依茉が悪いんだよ。俺のこと見てないから」

「み、見てたよ、ちゃんと」

「嘘つき。……嘘ついたから外すね」

　パチンッと、一瞬で胸の締め付けがゆるんだ。

とっさに肩に力が入って、両腕を胸の前でクロス。
「う、嘘なんかついてない……っ。ずっと浬世しか見てなかった……っ」
「瑠衣と仲良さそうにしてたくせに」
「へ……？」
急に出てきた瑠衣くんの名前。
もしかして、浬世が機嫌悪くて暴走してるのは瑠衣くんが原因だったり……？
「なんで瑠衣に抱きしめられて平気な顔してんの」
「え、別に平気な顔してたわけじゃ……」
「依茉から瑠衣の匂いするの無理、死にそう」
そ、そういえば……瑠衣くんが使ってる香水(こうすい)の匂いが結構きつかったような。
浬世が撮影してるとき、少しだけ瑠衣くんと距離が近いときあったから、そのとき匂いが移ったのかな。
「……ほんとムカつく。気に入らない」
わたしはいつだって浬世しか見えてなくて、他の男の子は眼中(がんちゅう)にも入ってないのに。
「……他の男の匂いなんてまとわないで」
浬世は知ってるのかな。
そういうの独占欲っていうんだよ。
幼なじみに対しては抱(いだ)かないもの。
「……俺だけの依茉でいて」
ずるいくらいの独占欲に、振り回されてばかり――。

第2章

甘い休日の過ごし方。

まだ初夏とまではいかない５月の下旬。
いつもと何も変わらない休日の朝。
ほんの少しだけ、学校がある日よりも遅くに目が覚めるんだけれど。
「……ん、えま……」
同じベッドで浬世と眠る毎日は変わらず。
昨日も長時間の撮影だったみたいで、帰ってきてからごはんも食べずシャワーだけ浴びて爆睡。
今日は久々の完全なオフみたい。
ゆっくりしたいだろうし、たくさん寝たいだろうし。
そう思って、起こさないように浬世の腕の中から抜け出して、ささっと家事をすませることに。
洗濯をして、軽く部屋の掃除をする。
カーテンを全開にしたら、とてもいい天気のおかげで明るい日差しが部屋の中に入ってくる。
今日は洗濯日和だから、お布団も干せたらいいなぁ。
とりあえず、昨日の夜から浬世は何も食べていないので、お腹を空かせて起きてくるだろうと想定して、朝ごはんの準備に取りかかる。
キッチンに立っていると、突然背後に人の気配。
「……なんで俺のことひとりにするの」
「わっ、ひゃっ……」

身体をすり寄せるみたいに、後ろからギュッと抱きついてくる。

まだ寝起きのせいか声が眠そう。

さっきまで気持ちよさそうにスヤスヤ寝ていたのに。

「起きたら依茉が一緒に寝てなかった」

「あっ、先に目が覚めたから。浬世は昨日疲れてただろうし、起こすの悪いかなって」

「……依茉がそばにいないと寝れない」

またそんな甘えたなことばっかり。

「休みの日だからわたしもやることがあって」

「それは俺よりも大事なことなの？」

浬世はいつだってそう。

自分をいちばんにしてくれなきゃ嫌だって。

「俺のこと放置するなんてひどいじゃん。俺はそういうプレイは求めてないよ」

「は、はい??」

いや、プレイってどういうことって感じなんだけども!!

「どうせなら依茉が攻めてきてくれるプレイとか大歓迎(だいかんげい)」

うん、たぶん寝起きで頭がやられてるに違いない。

きっと正常じゃないね。

「そ、そんなのわたしに求めないで！」

「積極的な依茉もかわいーだろうね」

クスクス笑いながら、わたしの頬に手を伸ばしてふにふに触れながら、ちょっかいを出してくる。

料理してる最中だっていうのに、お構いなしに引っついたまま。
「うぅ、これじゃ動きづらいってば！」
「なに、もっと抱きしめてほしいって？」
「言ってない言ってない!!」
自分の都合のいいように変換しちゃってるし。
「仕方ないなあ。依茉ちゃんはわがままだね」
「うぅ、違うってばぁ……！」
結局、浬世のペースに乱されて振り回されてばかり。

そんなこんなで、無事に朝ごはんを食べ終えた。
「あっ、そうだ。わたし今からちょっと出かけてくるね」
準備のためにカバンの中を整理していると。
「どこ行くの。俺の相手する時間は？」
なんて言いながら、カバンをひょいっと取り上げてくる。
「近くのショッピングモールに行くだけだよ！　ほら、買い出しに行かないと」
ここ最近、全然買い物に行っていないので、冷蔵庫の中は空っぽ状態に近かった。
「……んじゃ、俺も一緒に行く」
「え。だって、久しぶりの休みだから家でゆっくりしたいんじゃ……」
「まあね。でも、依茉がいないなら意味ないし」
またそうやって、さらっと心臓に悪いこと言うんだから。

出かける準備がすべて整った。

「なんでサングラスに帽子にマスクしなきゃいけないの？」

「いちおう人気モデルなんだから変装くらいしないと。ファンの子たちに見つかって騒がれちゃうから」

　変装するのが不満そう。というか、面倒くさそう。

「別に誰も俺のこと見てないって」

　よく言うよ。ぜったい目立つし、素顔のまま歩いていたら間違いなく気づかれるから。

　しかも、変装してるのにオーラが隠しきれてないし。

「こんなサングラスしてたら、依茉のかわいー顔が見えなくて困るんだけど」

　サングラスを少しずらして、ひょこっと顔を覗き込んでくる。

「うぬ……見なくていいの……っ！」

　お構いなしで顔を近づけてくるから、手に持っているスマホで顔を隠すようにブロック。

　電車を使って近くのショッピングモールへ。

「うわ……人やば。酔いそう」

　休日ということもあって、ショッピングモール内は人で溢れかえっていた。

　浬世は人混みがものすごく苦手。

　基本ひとりでいるのが好きだから、そもそも外に出ることもそんなに好きじゃない。

「だから家で待ってたらよかったのに」

「はぁ……依茉の分身とかいないの？」

いや、分身とは??

「分身が買い物に出てくれたら、俺は依茉のこと好き放題にできるのに」

相変わらず理解不能なこと言ってるよ。

「さっさと買い物して帰ろ。早く依茉で充電(じゅうでん)しないと今すぐバッテリー死にそう」

バッテリーって。スマホじゃないんだから。

とりあえず、買い物をすませて早いところ家に帰ったほうがよさそう。

浬世のバッテリーとやらが切れて、外で暴走されても困るし。

「ねー、依茉。なんで俺とそんな離れて歩くわけ?」

「い、いや。万が一、ファンの子とかに見つかったら厄介(やっかい)かな……と」

今さら気にしてどうするのって感じなんだけども。

いつも学校に行くときとか、オープンにわたしにベッタリしてるところを見られているし。

浬世は気づいているかわかんないけど、さっきからいろんな人……特に同世代の女の子たちが、こっちを見てヒソヒソ話しているから。

変装してるほうが悪目立ちしてるのかなぁ……。

「別にいーじゃん。スルーすれば」

ほんとに他人の目を気にしないんだから。

それがいいことなのか、悪いことなのか。

こうして、なんとか周りにはバレずに買い物を終えた。

「依茉ちゃん？　これは買いすぎなんじゃない？」
「うっ……」
　我ながらいくら買いだめといっても、買いすぎたかも。
　真っ白の大きな袋が3つ。
「これ誰が持って帰るの」
「そこは男らしく浬世が……」
「いや無理。俺は依茉しか持てないし」
「イミワカリマセン」
　ちゃんと計画的に買えばよかった……。
　でも、浬世だってあれもこれも欲しいって、カゴにポンポン食べたいお菓子とか入れるから。
　結局、浬世が半分くらい荷物を持ってくれることになったんだけど。
「……何これ。重すぎて腕がとれそう」
　持つのがだるいのか、今にも袋ごと地面にドーンって落としそう。
「……依茉だったら簡単に持てるのに」
「その荷物のほうが軽いから！」
　これであとは家に帰るだけ。
　出口に向かってモール内を歩いていると、ふわっと甘い匂いがした。
「依茉が好きなキャラメルの匂いするね」
　浬世も同じことを思ったみたい。
「もしかして、ポップコーン屋さん来てるのかなぁ？」
　いつもやってるわけじゃないんだけど、たまにモールの一部を借りてポップコーンを販売しているお店があって。
　どうやら、たまたまやっている日に当たったみたい。
「ちょっと買いに行ってくるから、この荷物持ってこのへんで待ってて！」
　ポップコーンに目がないわたしは、自分が持っていた荷物を浬世に押しつけて、ダッシュでお店へ。
　すぐにゲットできるかと思ったけど、人気のお店だからみんな買いに来ているせいで、思いのほか時間がかかってしまった。
　あぁ、浬世ぜったい不機嫌になってる。
　どれだけ待たせれば気がすむの？とか言われそう。
　さっき荷物を渡した付近に戻って、浬世を探していたら。
　そこで予想外の事件が起こっていた。
　いや、きっと予想しようと思えばできたこと。
　何やら一部に、ものすごい人だかりができている。
　おまけに女の子たちの騒がしい声が、あちらこちらで聞こえてくる。
　人だかりの中心にいるのは――もちろん浬世だった。
　たくさんの可愛い女の子たちに囲まれているのを見ていたら、モヤモヤして苦しくなる。
　この前、撮影帰りのスタジオであった出来事と同じ状況になっている。
　今日は田城さんがいないから、浬世はどんどん囲まれていくばかり。
　せっかく、さっきまでバレずにいたから、そのまま帰っていたらよかったのに。
　そもそも、浬世をひとりにしなきゃよかった。
　人が集まれば、それだけ注目を浴びて浬世を取り巻く子たちが増えていく。
「あれって神崎浬世くんだよね!?　こんなところで会えるなんてラッキーじゃんっ！」
「話しかけるチャンスだし、握手とかサインとかもらえるかなー？」
「やっぱ雑誌で見るより実物のほうがオーラすごすぎて、もっと好きになるよね～！」
　そんな会話が聞こえてくる。
　遠くから浬世を見ていると、ファンの子に求められたらそれなりに対応してる。
　別に可愛い子に話しかけられたから鼻の下を伸ばしてるわけでもないし、きっと仕事だからって割り切ってるんだろうけど。
　またしても、モヤモヤ発動。
　これだけの数のファンがいたら、言い方が悪いけど選びたい放題なわけで。
　“ただの幼なじみ”のわたしなんか、可愛い子たちに埋もれてしまったら、浬世の特別になれるわけない。
　もっと……自分が素直だったら——気持ちを伝えられたらいいのに。
　下を向いたまま。唇をギュッと噛み締めるだけ。
　もうこれ以上この光景を見たくないし、かといって浬世に話しかけられる状態でもない。

さっきまで、だいすきなポップコーンを買えて気分はとてもよかったはずなのに。

今はモヤがかかったみたいに、全然晴れない。

気づいたら、ひとりでその場をあとにしていた。

帰り道はボーッと来た道をたどるだけ。

頭の中でぼんやりと──何も連絡を取らずに勝手に帰ったこと怒ってるかなとか。

荷物ぜんぶ押しつけちゃったし、浬世をひとりで置いてきちゃったし、帰ってきたら怒られるかなとか。

気がついたら部屋に着いて、ひとりでソファの上に丸まっていた。

静かな空間で、突然ポケットに入れていたスマホがブーブーッと震えた。

画面に表示された名前は“神崎浬世”。

きっと、いつまでも戻ってこないから心配して電話をかけてくれたのかもしれない。

……素直になれなくて、拒否をタップしてしまった。

自分からこんなことして、ほんとに可愛くない。

身体を丸めたまま、クッションに顔を埋(うず)めてしばらくしてから。

玄関のほうから何やらガチャガチャ音がする。

それから数秒後。

「えっ……なんで……」

まさかのまさか。中に入ってきたのは浬世で。

しかも、珍しく少し息を切らしている。
走ってきたのかな。
荷物もわたしの分まで持ってくれて。
帰るとき腕がとれそうとか言っていたのに。
そのままわたしが座っているソファのほうまで、ズンズン近づいてくる。
そして、優しく上から抱きしめられた。
浬世の心臓の音がいつもより速くて、おまけに少しだけ汗をかいてるような。
普段から、ものすごくマイペースで慌てたり焦ったりすることはないのに。
「なん……で、抱きしめるの？」
「はぁ……っ。だって、依茉が拗ねてると思ったから」
「どうして、そう思ったの……っ？」
「昔から俺のこと無視したりするときは、だいたい拗ねてるから」
ぜんぶお見通し。
浬世は他人に興味や関心がないくせに、わたしのことだけは誰よりも理解していて、ささいなことでもすぐに気づいてくれる。
それって幼なじみだから……？
「り……せ」
「ん？」
「お、怒ってないの……？」
「なんで？」

「だ、だって、わたしひとりで勝手に帰っちゃったし、荷物もぜんぶ押しつけちゃって……」

　てっきり、依茉のせいで疲れたとか、ひとりで帰るとかイミフメーって言われるかと思ったのに。

「……別に怒ってないよ。ただ、いきなりいなくなるのはやめて。何かあったのか心配になるから」

　こういうとき、普段のわがままな浬世はどこにもいなくなる。

　きちんとわたしを受け止めてくれて、怒らないし責(せ)めないし優しさを見せてくれる。

　だから嫌いになれない。

　どんどん好きが増えていくだけ。

「ぅ……ごめんなさい」

「いいよ。でも無視はダメだよ依茉ちゃん」

「む、無視してないもん……」

「電話切ったくせによく言うよ」

「だ、だって……」

「だって？」

「ぅ……なんでも、ない」

　やだな、言いたくない。

　ファンの子に囲まれているところを見て、それが嫌になって逃げ出したなんて。ヤキモチ全開すぎて。

「ちゃんと言って。そーやってごまかされるの嫌い」

　抱きしめる力をゆるめた浬世の、きれいな瞳がしっかりわたしをとらえて逃がしてくれない。

うまく瞳が見れなくて、控えめに少し顔を引いて浬世を見つめたら。
「ねぇ……気づいてんの？　その上目遣い――ものすごくずるいよ」
「へ……っ？」
「ほんとさ、なんでそんなかわいーの？」
大きな手のひらがわたしの頬を包み込んで、優しい手つきで撫でてくる。
「か、可愛くない……もん」
「俺の目が節穴（ふしあな）だって言いたいの？」
「そ、そうじゃなくて」
「俺がかわいーって言うんだから認めなよ」
「でも、浬世の周りに可愛い子たくさんいるじゃん……。モデルさんとかファンの子とか」
「依茉以外の子なんてなんとも思わないけど。みんな同じ顔のジャガイモにしか見えない」
ジャガイモって。相変わらず表現が独特で失礼というか。
「依茉だけ特別。ものすごくかわいーよ」
心臓がギュウッと縮まって、血液が沸騰（ふっとう）してるみたい。
「あんなにファンの子たち、いるのにいいの……？」
「別にいいよ。それよりも依茉のほうが気になったし」
何その特別みたいな言い方。
ずるいよ、すごくずるい。
そうやって、簡単にわたしの気持ちをぜんぶ奪（うば）っていくんだから。

「でも、ファンは大切にしないと……」
「ファンはたくさんいても、依茉はひとりしかいないから」
　さっきまで不安とモヤモヤばかりだったのに。
　浬世がくれる言葉ぜんぶが——その不安を取り除(のぞ)いてくれる。
「なんで、そんな優しいの……っ？」
「かわいー依茉ちゃん限定だよ」
　またそうやって、冗談っぽく言う。
　小さい頃からずっと一緒で、変わらない幼なじみだと思っていたのに。
　気づいたら浬世だけが、どんどん手の届かない世界で活躍していくから。
　そのたびに、こうやって不安になるばかりで。
　いつも甘えたな浬世だけど、わたしが不安がっているときは、しっかりリードしてくれるから。
「俺はどんなにたくさんのファンがいても、依茉に何かあればぜったい依茉のほうを取るよ」
　あぁ、わたしって単純。
　こうやってうまく言われたら、うれしくなってころっと機嫌を直しちゃう。
　さっきの不安な気持ちや拗ねていた自分は、もうどこかに飛んでいっちゃうくらい。
「ご機嫌直りましたか、お姫さま？」
　軽くフッと笑いながら、わたしの髪に指を絡めて聞いてくる。

「うぅ……、もともとそんな悪くなかったもん」
「はいはい。そんな嘘はいいから。んじゃ、依茉の機嫌が直ったってことで」
　すると、浬世が急に電池が切れたみたいに、わたしのほうに体重をかけて倒れてきた。
「うっ、重いよ!!」
「はぁ、疲れた。久々に重いもの持ったし走ったから。俺たぶん腕と足折れてると思う」
　またそんな大げさな。
　それで結局、撮影休みたいとか無理やりこじつけちゃうんだから。
「そんな簡単に折れたりしないよ」
「んー。とりあえず依茉の太もも貸して」
「ひぇっ……やっ」
　いきなり浬世がソファに寝転んで頭だけ乗せてきたせいで、びっくりして上ずった声が出た。
　ふわふわした猫っ毛が触れてくすぐったい。
「依茉の太ももってやわらかいね」
「う……っ」
「ほどよくムチムチしてる感じ」
　若干けなされてるような気もする。
「太もも界だったらナンバーワンだよ」
「それは褒(ほ)められてるのか謎だよ……っ！」
「サイコーの褒め言葉でしょ。ほら、触り心地もすごくいいんだから」

「ちょっ、ひゃぁ……っ」

無遠慮に大きな手が撫でてくる。

「あーあ。そんな声出しちゃダメでしょ。誘ってるの？襲ってほしーの？」

「うっ、やっ……ちがう……っ」

「否定してるのに身体は反応するんだね」

「ぅ……っ」

結局、このあとも浬世のペースに乗せられて、好き放題されるがまま。

迫る危険な幼なじみ。

「さて、依茉ちゃん。この赤ペケがたくさんあるものはなんでしょう」
「うぬ……」
　突然ですが、今わたしはなぜか床(ゆか)の上に正座をして、浬世はソファの上にドーンと偉(えら)そうに座っております。
　気づけばもうすぐ6月の中旬(ちゅうじゅん)。
　あと少しすれば夏休みに入るっていうのに、事件は起きてしまった。
　それは期末テスト前に行(おこな)われたプレテストにて。
「何これ。依茉の頭の中どーなってんの？」
　赤ペケがたくさんの答案用紙を、ペラペラわたしの前で見せつけてくる。
「プレテストでこんだけ赤ばっかりとか、本番の期末はどーするのかな依茉ちゃん？」
「ど、どうにかいたします……きっと」
「その“きっと”ほどあてにならないものはないよね」
　毎回きちんと勉強はしているんだけど、効率(こうりつ)が悪いのかうまく頭に入らなくて赤点ギリギリ。
　でも、今回はギリギリどころかアウトなライン。
「依茉ってよくここまで進級できたよね。ちゃんと授業受けてんの？」
「う、受けてる」

「なのに、なんでガッコー休んでる俺よりできないの？」
　浬世は仕事をしながらも、学校の成績はきちんといい。
　いや、まあ……浬世はどちらかというと天才型というか、何をやらせても完璧にこなしちゃうから。
「ってか、フツーに基礎くらい解けなきゃダメでしょ？」
　そもそも普段あまりいろいろ言ってこない浬世が、なぜこんなにしつこいのかというと。
「期末で１教科でも赤点取ったら夏休み潰れるのわかってんの？」
「わ、わかっております……」
　わたしの学校では期末テストで１教科でも赤点を取ったら、補習の対象になって夏休みほぼ毎日学校に行かなくてはいけない。
　特にわたしは中間テストの成績もあまり良くなかったので、ここで挽回しないと間違いなく補習コースまっしぐら。
「あのさー、俺は依茉で充電しないと仕事なんてやってられないわけ」
「は、はぁ……」
　つまり、なんで浬世の機嫌が悪いかって。
　わたしが夏休み補習に出ることになったら、ふたりでいられる時間が減ることが不服みたいで。
「俺の大事な時間を見事に奪おうとしてくれてるよね」
「えっと、奪おうなんて気はさらさらなくて。でも、その……テストが難しくてですね」
「はぁ？　こんなのニワトリでも解けるでしょ」

「いやいや、そんな無茶な」
　つまり、わたしはニワトリ以下ということですか。
　浬世は機嫌が悪いと口も容赦なく悪くなっちゃうから。
「死ぬ気で頑張るしかないよね、依茉ちゃん？」
「ひぃ……っ」
　にこにこ笑っているのに、こめかみのあたりに怒りマークが見えてるよ。
「ってか、依茉は危機感ないのがダメなんだよね。うん、よくわかった」
「んえ？」
　えっ、えっ？　なんかひとりで解決しちゃってるじゃん。
「仕方ないから俺がベンキョー教えてあげるよ」
「え、え??」
　いや、えっと、何か企んでいるような怪しい笑みを浮かべながら言われても……！
「うん、いい返事だね。んじゃ、早速明日からね」
　待ってよ！　まだ返事してないのに勝手に話を進めないでよぉ……！
「で、でも浬世、放課後は撮影あって忙しいんじゃ……」
「うん、ものすごーく忙しいよ。毎日眠いし撮影だるいしめんどいし」
「じゃあ、わたしに勉強教えてる時間無いんじゃ……」
「あるわけないよね。でもさ、俺は依茉と一緒にいる時間が無くなる＝死ぬみたいなところあるから、わかるよね？」
「え、いや、えっとぉ……」

笑顔の圧力に逆(さか)らえず。

結局、翌日から浬世に勉強を教えてもらうことになった。

もちろん、浬世は忙しいので撮影が終わって、帰ってきてからになるんだけど。

『あ、そーだ。帰ってきたら制服から着替えちゃダメだから』

なんて、意味のわからないことを言われて。

なんで着替えちゃダメなんだろう？と思いながら制服姿のまま浬世の帰りを待った。

そして夜の７時を過ぎた頃。

仕事を終えた浬世が、わたしの部屋にやってきた。

「……へぇ。ちゃんと言われたとおり制服で待ってたんだ？いい子じゃん」

わたしの姿を見るなり、怪しい感じでニッと笑った。

うっ、ぜったい何かよからぬことを考えてる。

ローテーブルに教材を並べて、浬世がそのまま床に座ったので、隣に座ろうとしたら。

「依茉が座るのはこっち」

「へ……っ、うわっ」

腕をグイッと引かれて、あぐらをかいて座る浬世の上に乗せられてしまった。

お腹のあたりにガッチリ浬世の腕が回って、おまけに耳元に浬世の顔があるし。

身体がしっかり密着しているせいで、これだとまったく集中できそうにない……っ！

　この体勢で、いっぱいいっぱいなのに、浬世はとんでもないことを言い出す。
「今から俺がきちんとベンキョー教えてあげるからさ」
　耳元にかかる息がくすぐったい。
　ちょっと身体を動かしたら、逃がさないって感じでさらに強くギュッてして。
　そして、わたしの制服のリボンに指をかけながら。
「そのかわり——教えた問題きちんと解けなかったらブラウスのボタン外していくから」
「へ……」
「ぜんぶ外れないようにね」
「へ……っ!?」
　とんでもルール発動にびっくりして、勢いよく首だけ後ろに向けたら。
「……顔近いね」
　思った以上に浬世の顔が近くにあって、あと少しずれたら、唇が触れていたかもしれない。
「ボタン外すなんて冗談、だよね？」
「俺はジョーダン言わない主義だよ」
　よく言うよ。
「そ、そんな無茶なことやりたくない」
「別に無茶なことじゃないでしょ？　依茉がきちんと問題解けたらいいだけの話じゃん」
「うっ……」
　そりゃそうだけど。

要は、きちんと勉強を教えてもらって、出された問題にぜんぶ正解すればいいだけ。
「それとも今すぐ脱ぐ？」
「モンダイガンバリマス」
身体を密着させられたまま。
ドキドキと戦いながら、なんとしても自分の身を守らねば……！と思って、問題に挑んでみたんだけど。
「え、なに。そんなに脱がされたいの？」
「い、いや違うの！」
勉強どころじゃなくて、浬世のほうばかりに意識が向いて、まったく集中できなくてミス連発。
浬世が喋るたびに耳に息がかかるし、身体がくっついたままのせい。
教えてもらったことは、ぜんぶ右から左に流れてばかりで頭に入ってこない。
「んじゃ、今までの解けなかった問題はサービスしてあげるから。今度は間違えたら容赦なく外すよ？」
「うっ……」
なんとしても、ぜんぶのボタンを死守しなければ……！
こうして再度、なけなしの集中力を絞りながら頭をフル回転させて。
なんとか頑張って１問目は正解。
「わー、おめでとー。スゴーイ」
うん、ぜったい思ってないよね。
これがきっかけで、ちょっとイジワルな難しい問題ばかり出してくるから。
「はい、フセーカイ」
「うぅ、いきなり難易度（なんいど）あげるのずるいよ……！」
「……んじゃ、まずはいっこね」
　片手で後ろから器用（きよう）にブラウスのボタンに指をかけて、簡単にひとつ外した。
　それから易（やさ）しい問題を出してくれるわけもなく……。
　間違えるたびに胸元がどんどん開いていく。
　肌が空気に触れて、とても浬世のほうを向ける状態じゃなくなって。
「も、もうこれでおわりにして……っ」
「ふっ、そーだね。外すものなくなったもんね」
　クスクス笑いながら、イジワルな声が耳元で聞こえて。
「ひゃっ……やだ、どこ触って……っ」
　お腹のあたりを大きな手が撫でて、無い力で抵抗したら。
「……そんな甘い声出してさ。煽ってるの気づいてる？」
　あっという間に体勢逆転。
　浬世のほうを向ける状態じゃないのに、身体を持ち上げられて、気づいたら正面に浬世の整った顔。
「やっ……だ、見ちゃダメ……っ」
　この体勢じゃ、わたしが浬世に覆いかぶさってるみたいで、襲いかかってるように見えちゃう。
「……脱がされかけてるのってめちゃくちゃエロいね」
「あ、う……っ」
　鎖骨（さこつ）のあたりを指先でツーッとなぞってくる。

今度は首筋にかかる髪をスッとどかして。
「……ちょっとくらい手出しても許してよ」
少しだけ熱を持った浬世の瞳が一瞬見えたと思ったら、首筋にやわらかい感触。
思考はショート寸前。
浬世の唇が押しつけられてるってわかると、心臓は異常なくらいドクドク激(はげ)しく音を立てて。
同時に少し触れただけで肩がピクッと跳ねて、そのまま力がふわっと抜けていく。
「り……せ、くすぐったい……っ」
腰のあたりが変な感じがして、ゾワゾワしてくる感覚。
「……こんなかわいーの目の前にしたら、我慢できなくなるもんでしょ」
「ぅ……っ」
容赦ない甘い刺激。
「……もっと、俺のことでいっぱいになってよ」
ツーッと舌で首筋を舐(な)められて、軽く噛まれたような感じがして。
一瞬だけチクッとして、浬世の肩の上に置いていた手にギュッと力が入る。
「……やっ、痛い……っ」
「……動くともっと痛いよ」
なんて言って、全然止まってくれない。
浬世の器用な手は、わたしの頬を撫でたり、サイドを流れる髪を優しくクシャッとしてきたり。

「痛いの、やだ……っ」

悲しくもないのに、なんでか瞳にジワッと涙がたまる。

そのまま控えめに浬世を見つめると……。

「……ほんと煽るのうまいね」

フッと笑いながら、自分の親指を唇にあてて。

「……どーしよっか。このままここにしてもいい？」

今度は、その親指をわたしの唇にグッと押しつけて。

「ん……っ、ぅ……」

「やわらか……。ますます欲しくなる」

ぜったい流されちゃいけないって、頭の中で危険信号が点滅（てんめつ）。

なのに、浬世の甘すぎる言葉と刺激が、それをぜんぶ取っ払ってしまうから。

「抵抗しないなら——我慢しないよ」

でも、ほんのわずか。

残っていた正常な理性が働いた。

「ま、待って……っ」

「……なに？」

「普通は、幼なじみにこんなことしないよ……っ」

とっさに出てきた、ずっと思っていたこと。

まさかこのタイミングで口にするとは自分でも思っていなくて、びっくりした。

すると、浬世の動きがピタッと止まった。

かと思えば、唇の真横スレスレに……キスをしてきた。

ほんとに行動が予測不能。

「……フツーって何それ」
「え……？」
　これまた想定外の返事。
　幼なじみにこんなことしちゃダメだって、それくらいわかるはずなのに。
　こんなの、はたから見たら恋人同士がするようなことなのに。
　だから、そんなこともわかんないなら、もういいって突き放そうとしたのに。
「依茉に触れたいと思うから触れる。……これじゃダメなの？」
　あぁ、またこうやって、わたしの心をグッとつかむことを言ってくる。
　突き放そうとした気持ちは、あっけなくどこかにいってしまう。
「ダメなんて言わないで」
「っ……」
　甘いねだり方。
　ダメって言わせないように、ぜったい離さないって瞳で見てくる。
「それなら、わたし以外でも浬世の相手してくれる子はたくさんいる……よ」
　試すような言葉が出てきた。
　ほんとは他の女の子なんて求めて欲しくないのに。
　浬世がこういうことをするのは、わたしだけなの……って、気になったから仕掛けたの。
　すると、浬世はムッとした顔をして。
　わたしの腕を強引（ごういん）につかんで、自分のほうに寄せた。
　ものすごく近い距離。
　ほんの少し——どちらかが動いたら唇が重なりそうなくらい……。
　恥ずかしがるわたしとは正反対に、浬世は真（ま）っ直（す）ぐ射抜（いぬ）くように見つめてくる。
「……依茉は全然わかってない。俺がどれだけ依茉を求めてるか、欲しくてたまんないのか」
　頬や首筋、おでこやまぶたにたくさん降ってくるキス。
「ん……っ」
　でも、ぜったい唇は外すの。
　わざとらしく音をチュッと立てて。
　焦（じ）らすような触れ方をしてくる手も止まってくれない。
「はぁ……っ、やだ、浬世……っ」
　なんでかわかんないけど、少しずつ息が乱れてくる。
「依茉が見せる可愛いところもぜんぶ俺が独占したいし、依茉のぜんぶ俺のものにしたいのに」
「……っ」
「依茉以外の子なんていらない」
　そうやって期待させるだけさせておいて、“好き”の2文字をくれない。
　いつまでもこうやって、幼なじみに縛（しば）られた関係が続くと思うと——少し……ううん、すごく胸が苦しくなる。

「……だから依茉も俺だけを求めてよ」

何回も同じことを思って、ずっと関係が進展しないまま同じところをループしてる。

浬世の甘い独占欲に、これ以上何も言えなくなって、いつまでも幼なじみを超えられない。

瑠衣くんと放課後に。

「あらら。その絆創膏どうしたの？」
「うっ……こ、これは……」
「さては神崎くんの仕業でしょー？」
お昼休み。
未来ちゃんがニヤニヤしながら、わざとらしく隠した首筋を指さして、わたしの席にやってきた。
ついこの前、浬世に勉強を教えてもらったとき、首筋に紅い痕を残されたせい。
お風呂に入ろうとして鏡で自分の首元を見たら、きれいにくっきり残された痕がふたつ。
しかも、制服から見えそうな絶妙なところに残してあるせいで、隠すために選んだ手段は無難に絆創膏を貼ること。
「さては、もう付き合い始めた？」
「い、いや、前と変わらない状態で……」
すると、未来ちゃんは目を見開いて、いきなり机をバンッと叩いた。
思わずびっくりして、わたしも同じように目を大きく開いて固まる。
「いやいや、それほぼ付き合ってるのと変わんないから！付き合ってもないのに神崎くんは、依茉にそんなことしてるわけ？」
「う、うん」

「はぁ。いつになったらふたりとも素直になって、幼なじみから恋人同士になれるのかね。ってか、依茉もはっきりしないと。それか他にいい男の子探してみるとかさ～」

未来ちゃんは、マネージャーさんの言うことなんか気にしないで、自分の気持ちに素直になれって言う。

わたしもはっきりしなきゃいけないのに。

いつも、その場の甘い雰囲気に流されてばかり。

気持ちを伝えられないなら、この恋は諦めて。

もっと他の男の子にも目を向けたらいいのに。

そんなことできるわけない。

わたしのいちばんは、いつだって浬世で。

浬世以上に好きになれる相手なんて……いないと思えるくらい──。

そもそも、浬世以外の男の子を恋愛対象として見たことがないから。

だけど、わたしたちが万が一、結ばれたとしても、わたしのせいで浬世が仕事をできなくなったら……？

素直になれないだけじゃなくて、“恋愛禁止”のことも頭から離れなくて、余計に気持ちを伝えられない。

「少しは神崎くんと距離を置いてみるとか、駆け引きもしてみればいいのに～」

「そんな高難易度テクニック持ち合わせてないもん……」

「しかもさー、噂をすればやってくるやつじゃん」

未来ちゃんが前の扉を指さした。

そこに立っていたのは──浬世なわけで。

お昼を一緒に食べようと誘われたので、ふたりで屋上へ。
壁にもたれて座り、膝の上にお弁当を広げる。
隣に座る浬世は、相変わらずわたしにベッタリ。
わたしの肩に頭をコツンと乗せて、腕を回して抱きついてくる。
「これじゃお弁当食べにくいよ」
「俺と弁当どっちが大事なの？　俺だよね。うん、そーだよね」
勝手にひとりで完結しちゃってるし。
「浬世はお昼食べないの？」
「依茉のこと食べたい」
「イミワカリマセン」
こんなふうにお互いの距離が近すぎるのも、全然幼なじみらしくない。
こうやって思うのは、もうこれで何度目って話なんだけども。
なんでも許しちゃうのがダメなのかなぁ。
甘やかしすぎなところもあるよね。
少しは拒否しなきゃって、自分も幼なじみならそれなりの線引きをしないといけないのに。
「今日もかわいーね、依茉ちゃん」
こんな簡単な言葉にころっと落ちる自分が、線引きなんてできるわけない。
はぁ……と、ため息が漏れたと同時。
それをかき消すように、いきなり屋上の扉がバンッと勢いよく開いた。

「あー、ふたりともいた」

なんとびっくり。

そこにいたのは瑠衣くんで。

わたしたちを見つけるとにこっと笑って、こちらに近づいてくる。

「さっき依茉ちゃんのクラスに行ったら、依茉ちゃんの友だちが浬世と屋上にいるって教えてくれたからさ？」

チラッと浬世を見たら、あからさまに不機嫌度が上がっているのが顔からわかる。

「誰もいない屋上でふたりで何してたの？　ってか、ふたりとも距離近いね」

そう言って、なぜかわたしの隣にストンッと座った瑠衣くん。

それに気づいた浬世が、すぐにわたしの身体を抱き寄せて瑠衣くんから離そうとしてくる。

「……なんで瑠衣がここに来てんの」

「依茉ちゃんに会いたかったからって言ったら怒る？」

「怒るどころか殺意湧(わ)いてくる」

「わー、それは怖いなあ」

ふたりを交互(こうご)に見たら、浬世はムッとして睨んで。

瑠衣くんは変わらずにこにこ笑って。

「ちょっとくらい依茉ちゃんのこと貸してくれないの？」

「……死んでも無理」

「そんなに？　普段から人に興味や関心ないのにね」

「俺は依茉にしか興味ないから」
「へぇ。すごい独占欲だね」
　浬世の機嫌があきらかに悪いのに、瑠衣くんは引くことをしない。
「浬世って、たしか今日この後すぐに撮影あるから午後は早退だよね？」
　ニッと笑って、浬世から見えないように地面についているわたしの手の上に自分のをそっと重ねてきた。
　びっくりして反応しそうになったけど、瑠衣くんが人差し指を顔の正面に持ってきて、シーッて合図したから。
「……そーだけど。だから何？」
「ううん。ただそれが確認したかっただけだよ」
　すると、急に片腕をものすごい力で、瑠衣くんにグイッと引っ張られて。
「きゃっ……」
　油断していたわたしは、その力に引かれるまま立ち上がり、あっという間に浬世の腕の中から瑠衣くんのほうへ。
「……また放課後ね」
　浬世に聞こえないように、ささやくようにそんな言葉を残して。
　すぐにわたしから距離を取って、浬世の機嫌をうかがいながら、両手をパッと広げて何もしてないよアピールをしている瑠衣くん。
「ほんと依茉ちゃんのことになると余裕ないね。そんなんで、このあと撮影大丈夫？」

「……余計なお世話。ってか、依茉に気安く触んないで」
「はいはい、もう触ってませんよ」
　結局、瑠衣くんはそのまま屋上を去っていった。
　なんでいきなりここに来たんだろう？と、疑問だけが残ったまま。
　そのあと浬世の機嫌を戻すのに苦労したのは、言うまでもない。

　迎えた放課後。
　帰る準備を終えて、教室を出ようとしたら。
　何やら廊下のほうがものすごく騒がしい。
　その原因はどうやら、ある人物がわたしの教室に来ているからみたいで。
「あ、依茉ちゃーん」
「え……うえっ、瑠衣くん!?」
　浬世がここに来ることはあるけれど、まさか瑠衣くんが来るなんて。
　おかげで教室内から廊下のほうまで女の子たちのキャーキャー黄色い声が飛びまくり。
　当の本人は、この騒がしさの原因が自分というのに気づいているのか、いないのか。
　呑気に教室に入ってきて、話しかけてくるし。
「あれ。なんでそんな驚いてるの？」
「いやいや！　いきなり来たらびっくりするよ！」
　相変わらず、にこにこスマイルを崩さないまま。

周りの視線も気にしない。
「昼休みに言ったよ？　また放課後ねって」
すると、この様子をそばで見ていた未来ちゃんがクスクス笑いながら。
「おっと、第二の王子さまのお迎えですかー？」
「もうっ、未来ちゃん面白がってるでしょ！」
「依茉ってほんとイケメンにモテるよねー。神崎くんといい、間宮くんといいさー。いいなあ、今話題のイケメンモデルふたりからアピールされて」
別にアピールされてるわけじゃないから！
「早いところ、どっちかゲットしちゃえばいいのに～」
「そ、そんな簡単に言わないでよぉ……」
すると、瑠衣くんが遠慮なしに急にわたしの両手を握ってきた。
「さて、依茉ちゃん」
「は、はい」
いきなり何を言われるのかと思ったら。
「今から俺とデートしてくれますか？」
「へ……？　デート……？」
考える隙なんて与えてもらえず。
というか、わたしみたいなのが瑠衣くんからのお誘いを断れるわけもなく。
「うれしいなー、依茉ちゃんとふたりでデートなんて」
うまいこと丸めこまれたような。
というか、これってデートなの……!?

“ただ一緒に出かける” ってわけじゃないのかな!?

あれから学校を出て、とりあえず駅のほうに向かっているのはいいんだけど。

瑠衣くん何も変装してないせいで、めちゃくちゃ目立ってる……！

「あ、あの、瑠衣くん？　何か変装とかしたほうがいいんじゃ……」

「え、どうして？　誰も俺のこと見てないよ？」

浬世もそうだけど、なんで自分が人気モデルって自覚なしで素のまま外を歩いちゃうかなぁ。

というか、こんな背が高いスーパーイケメンが歩いていたら嫌でも目立つよ。

隣にいるわたしの身にもなってほしいよ……。

「みんな瑠衣くんのこと見てるよ……！」

「じゃあ、依茉ちゃんも俺のこと見てくれてるの？」

「へ……っ？」

急に立ち止まって、わたしの顔をしっかり見た。

「ほら、俺のことちゃんと見て」

大きな手のひらがスッとわたしの頬に触れて、優しく撫でてくる。

「い、いや……っ、それとこれとは話が違うっていうか！」

わたしが言ってるのは、みんなに注目されちゃうよってことで！

「どう違うのか俺にはわかんないなー」

クスッと笑って、整いすぎてる顔がどんどん近づいてきて、耳元でそっと――。

「……ってか、今は周りのことなんか気にせずにさ。俺のこと意識してほしいな」

今度は瑠衣くんの細くてきれいな人差し指が、トンッと軽くわたしの唇に触れて。

「今日は浬世いないから。俺が依茉ちゃんを独り占めできちゃうね」

いつもより瑠衣くんが積極的というか、いちいち近いというか……！

浬世以外の男の子に、こんなふうに触れられたりすることがないから、あたふたするばかり。

「あの……瑠衣くん？　えっと、さっきからすごく近いような気がするんだけど……っ」

「ん？　そうかなー？」

にこっと笑って、さらに距離を詰(つ)めてくる瑠衣くんは確信犯。

慌てたわたしは、あとずさり。

「んじゃ、とりあえず依茉ちゃんの行きたいところいこっか。せっかくのデートだし」

なんか、調子狂(くる)っちゃう。

浬世も瑠衣くんも性格は似(に)てないけど、どちらも扱いづらいというか。

こうして駅のほうに到着。

さっきからわたしは周りの視線が気になってばかり。

学校帰りの制服姿の女の子を見かけるたびにヒヤヒヤ。

どうしてかって、同世代の子なんてぜったい瑠衣くんが載ってる雑誌とか買ってそうだし、ファンかもだし……！

「る、瑠衣くん！　お願いだから変装しようよ……！　目立ちすぎだよ……！」

それに変な噂が立ったら大変だし。

「んー。じゃあさ、依茉ちゃん好みにコーディネートしてよ」

「へ……？」

まさかのまさか。

超絶人気モデルくんの服を、丸ごと選ばされることになるなんて。

「えーまちゃん、まだですかー？」

「うっ、待ってください……！」

駅構内に入っているメンズの服屋さん。

いま必死に服を選んでるんだけども。

オシャレや流行に疎(うと)いわたしが、コーディネートなんてできるわけない……！

これこそまさに無茶振りってやつだよぉ……。

ハンガーにかかった服をジーッと見ては戻して……の繰り返し。

正直、瑠衣くんが着るなら、なんでも似合うと思うんだけど！

「まだ決まんない？　依茉ちゃんって意外と優柔不断(ゆうじゅうふだん)なんだね」

背後に瑠衣くんの気配を感じて、振り返ったら思いのほか顔が近くにあって。
「ひっ……！　ち、近い……よ！」
　わたしの肩に顎をコツンと乗せて、わたしが手に持っている服をジーッと見ている。
　変に意識してるのはわたしだけ。
　瑠衣くんからすれば、女の子とこれくらいの距離でいるのは、慣れているだろうからなんともないこと。
「んー？　そんなに近いかなあ？」
　浬世といい瑠衣くんといい。
　なんでわたしの周りにいる男の子たちは、こうも距離の取り方を気にしないの……っ！
　早くなんとかしなくちゃ……！と思って、無い知恵(ちえ)を必死に絞り出した結果。
「いやー、まさかマネキンが着てるやつを丸ごと選ぶとはねー」
「よ、よく似合っておられます……」
「選ぶの放棄(ほうき)するなんてひどいなー」
「だ、だって男の子の服なんて何もわからないもん」
「もっと俺のこと考えて選んでほしかったな」
　クスクス笑いながら、顔を隠すために追加で買ったキャップをかぶって、おまけにサングラスをかけて。
　この姿を見ると、前に浬世とショッピングモールに出かけたときを思い出すなぁ。
　キャップにサングラスって、芸能人の変装アイテムとしてはベタだけど必須(ひっす)なのかな。

「ふふっ」

「え、どうしたの。急に笑い出して」

「ううん。この前ね、浬世と一緒に出かけたときも瑠衣くんと同じように変装してたなぁって、思い出しちゃって。ふたりともすごく似てるなって」

　結局、顔を隠してもオーラがすごいから、うまく隠しきれてないし。

　浬世みたいにバレちゃいそうだなぁって。

「浬世もね、瑠衣くんみたいに変装なんて意味ないし、誰も自分のこと見てないって言うの」

　きっと瑠衣くんなら、この話を聞いて「浬世らしいね」って笑い返してくれると思ったのに。

「ねぇ。いま依茉ちゃんと一緒にいるのは俺だよ」

　笑ってなんかいなかった。

　というか、少し怒ってるような不満そうな。

「他の男……特に浬世のこと考えて、そんな可愛い顔して笑わないで」

　あれから、瑠衣くんの言葉にどう返したらいいのかわかんなくて。

　だって、いつもの瑠衣くんはあんなこと言ったりしないから。

「どうかした？　なんかボーッとしてるね」

「えっ、あっ、ううん！」

　さっき一瞬だけ、いつもと違う瑠衣くんだったのに。

今は気づいたらもとどおり。
「それじゃ、依茉ちゃんのお願い聞いてあげたからさ。今度は俺のお願い聞いてよ」
「え、お願いって……」
まだ喋ってる途中。
なのに瑠衣くんの手がお構いなしに、わたしの空いている片方の手をギュッと握った。
「ひゃっ、えっ……!?」
「デートなんだから、手くらい繋いでもいいよね?」
いつも見せない瑠衣くんの一面に、なんだか振り回されてばかり。
そのあとオシャレなカフェで、キャラメルラテとか飲んじゃって。
可愛い雑貨屋(ざっかや)さんとか服屋さんとか回っちゃって。
その間もぜったい手を離してくれないの。
「あー、せっかくだからゲームセンターとか行ってみない?」
「え、あっ、うん」
まさに絵に描(か)いたような理想の放課後デート。
こんなの浬世にバレたら怒られるかな。
せめて浬世が撮影終わって帰ってくる頃には、マンションにいないと。
「どうしたの、考え事?」
ボーッとしていたら、いきなり視界に瑠衣くんの顔が飛び込んできた。

「考え事っていうか……えっと」

　浬世の撮影が終わるまでには、家に帰りたいって言おうとしたけどやめた。

　だって、今日の瑠衣くんは浬世の名前を出すのを嫌がっていたから。

「あんまり遅くなると補導されちゃうかな……みたいな」

「いやいや、そんな夜遅くまで連れ回す気はないよ？」

「あっ、そうだよね！」

「依茉ちゃんがどうしてもって言うなら、補導される時間まで一緒にいてもいいよ？」

「や、それは困ります」

「まあ、そんなことしたら浬世に殺されそうだもんね」

　あれからゲームセンターで少し遊んでいたら、時間はあっという間に過ぎて夕方の６時。

　瑠衣くんが家まで送ってくれることになり、ふたりで歩く帰り道。

「瑠衣くんってゲームも強いなんて知らなかったよ！」

「ははっ、別にそんな強くないよ。依茉ちゃんがリズム感ないから」

「うっ……地味にグサッてくること言わないで！」

　リズムゲームを対戦したんだけど、何回やっても瑠衣くんに惨敗。

「次はもっと練習して勝つもん」

「依茉ちゃんって意外と負けず嫌い？」

「どうなのかなぁ。浬世ほどじゃないけど……」
　あっ……どうしよう。
　何気なく浬世の名前を口にしてしまった。
　一瞬かなり焦ったけど、瑠衣くんはいつもと変わらない顔で言った。
「そうだよね。浬世は負けず嫌いだし。それに、自分のものに手を出されるのが嫌いだもんね」
　フッと軽く笑ったかと思えば。
「……とくに依茉ちゃんのことは譲(ゆず)らないもんね」
　急に腕を引かれて、気づいたら道から少し外れた路地裏(ろじうら)に連れ込まれた。
　壁に身体を優しく、そっと押しつけられて。
　逃げられないように壁に片手をついて、大きな身体に覆われたまま。
「あの……るい、くん？」
　ゆっくり控えめに顔を上げたら。
「……上目遣い」
「へ……っ？」
「すごく可愛いね」
　不意打ちの可愛いと、いつもは見せない危険な笑み。
　今度は空いている片方の手で、わたしの両手首を壁にゆっくり押さえつけた。
「いつも……この可愛さを浬世が独占してるんだね」
「……っ？」
　何が起きているのかわからなくて、首を少し傾(かし)げて見つめたら。

「……ずるいね。俺も欲しくなる」

　余裕が少し欠けているような顔をして――瑠衣くんの顔が鮮明に見えるくらい近づいてくる。

　唇が触れるまでわずか。

　ギュッと目をつぶった瞬間。

「……このまま奪ってやりたくなる」

　そんなつぶやきが聞こえた直後。

　突然スマホの電子音が鳴った。

　鳴っているのはわたしの。

　ずっと鳴り続けているから、おそらく電話の着信。

「……あーあ。せっかくいいところだったのに、邪魔が入ったね」

　さっきまでの近さが嘘みたいに、パッと距離を取った。

「電話。出なくていいの？」

「え、あっ……」

　今までの出来事がうまく整理できないし、電話の音は鳴り止まない。

　慌ててカバンの中からスマホを取り出せば、画面に表示されている名前を見て思わず指が止まる。

「へぇ。浬世からだね。このタイミングでかけてくるなんて何か察したのかな？」

　瑠衣くんがスマホの画面を覗き込んで言った。

　なんとなく……今ここで電話に出ちゃいけないような気がして。

でも、やましいことしてたわけじゃないし。

それに、もしわたしと瑠衣くんとの間に何かあったとしても……。

所詮、“ただの幼なじみ”でしかない浬世には、関係ないことなんだって──。

寝ぼけてキス。

「えーま」
「……」
「えーーま」
「……」
　最近、浬世の様子がちょっとおかしい。
「ねー、依茉。なんで俺から離れようとするの」
「やっ、なんか近いから……っ！」
　今わたしは追いかけてくる浬世から逃げているところ。
　学校は、ようやく夏休みに入った。
　浬世に勉強を教えてもらったおかげで、無事に期末テストを乗り越えて補習は免(まぬが)れた。
　そして、夏休み中も毎日のように浬世がわたしの部屋に来るのは変わらないんだけど。
「依茉が半径０センチ以内にいないと死ぬ」
「意味わかんない……！」
　半径０センチとか、どういうことって感じだし！
「逃げないでよ依茉ちゃん。俺が死んじゃってもいいんですか」
「うっ……」
　前から甘えたでベッタリだったけど。
　最近は、それがものすごくひどくなっているような。
　朝起きてから夜寝るまで、部屋にいるときは常にわたしにベッタリ。

部屋のどこにいたって、わたしを見つけたらすぐに抱きついてくる。

抱きついたら30分は離してくれない。

つかまったら浬世のやりたい放題。

「えーま。早くギュッてさせて」

「うぬ……っ」

狭い部屋の中で逃げ回っていても、つかまるのは時間の問題なわけで。

「はい、依茉ちゃん捕獲(ほかく)」

「ホカク……」

わたしは野性(やせい)のイノシシかって。

……なんて、どうでもいいことを考えていたら、あっという間に浬世の腕の中。

「この部屋着かわいーね」

「ダ、ダメだよ」

「俺まだ何もしてないよ?」

とか言って、鎖骨のあたりを指でなぞって──その手がどんどん服の中に滑(すべ)り込んでくるから。

「……手、ダメだってば……っ」

「ってか、依茉も悪いよ。こんな短いのはいてさ」

今度は空いている手で、太もものあたりをスッと撫でてくる。

「ひゃぁ……っ」

「胸元もこんな開いてるし」

「なか、見えちゃう……っ」

「だから、こんな大胆なの着てる依茉が悪いんでしょ？」

　そのまま首筋を軽く舐めて吸われて、チクリと痛い。

「……依茉が可愛い反応するたびに首筋に痕残すのたのしいね」

「ぅ……もう、ダメ……っ」

「あとで見てみなよ。紅くきれいに残してあるから」

　自分の唇の端をぺろっと舐めて、満足そうに笑ってる。

　最近は、いつもいつも浬世に甘く攻められてばかり。

「……俺以外にこんな紅いの見せられないね」

「うっ……」

　甘すぎる刺激のせいで体温がグッと上がって、クラクラしてくる。

　力がふわっと抜けて、目の前にいる浬世の胸に身体をあずけると。

「……依茉ってほんと敏感だよね」

「へ……っ」

「身体少し触ったくらいでクラクラしてるじゃん」

「なっ、……ぅ……」

「これよりもっとすごいことしたら、どーなるんだろうね」

「ぜ、ぜったい、しちゃダメ……っ」

　これ以上は超えちゃいけないって。

　頭の中でブレーキがかかって、なんとか正常な理性を保つようにしているのに。

「……ふっ、どーしよっか」

まさか、思わぬかたちで超えることになるなんて。

あれから時間が過ぎて、時計の針(はり)は夜の10時をさしていた。

いつもよりお風呂の時間が遅くなって、今ようやく寝る準備が整ったところ。

ちなみに浬世は先にお風呂に入って、リビングのソファに姿がないことから、たぶんもうベッドにいるんだと思う。

きっと、まだ寝ていないだろうから、起きていたらぜったい何かされるかもしれない……なんて身構えちゃって。

今日はちゃんとキャミソールも着てるし、部屋着だってあんまり肌が露出(ろしゅつ)しないのを選んだの。

そのまま浬世がいるであろう寝室の扉に手をかけた。

ガチャッと音を立てて、中を覗いてみたらベッドのそばにある間接照明が薄暗くついているだけ。

部屋の電気はすでに消されていた。

「あ……なんだ、寝てる」

奥のベッドでは、すでにスヤスヤ気持ちよさそうに眠っている浬世の寝顔があった。

珍しいこともあるんだ。

わたしが来る前に寝ちゃうなんて。

いつもぜったい一緒にベッドに入って、必ずわたしを抱きしめないと寝ないのに。

とりあえず、わたしも早いところ寝ようと思って、ベッドの上に乗っかる。

ギシッと軋む音。深い眠りについていたら、これくらいの音じゃ起きないだろうから。

そのまま同じ布団に入って。

少しだけ……いつもより浬世と距離を取って……背中を向けてギュッと目を閉じる。

ほんとだったら、このまま何も起こるはずなんかなかったのに。

「……ひゃっ」

急に後ろから抱きしめられて、長い腕がお腹のあたりに回ってきた。

耳のそばでは寝息が聞こえる。

「りせ……っ？　起きてる……の？」

「……」

反応なし。

寝たフリ……？　それとも無意識……？

浬世に抱きしめられて寝るのは毎日のこと。

これでドキドキしていたら、間違いなく心臓の数が足りない。

早く意識を飛ばして、眠っちゃえばいいんだ……と思った直後。

お腹にあった手が、どんどん上のほうにあがってきて。

「……っ、やだ、どこ触ってるの……っ」

ギュッと抱きしめる力を強くして、手の位置はあきらかに触れちゃいけないところから動かなくて。

寝てるはずなのに、抵抗しても力でかなわない。

ぜ、ぜったい起きてる……っ。

身体の向きをくるっと変えて、浬世の顔を見た。

ね、寝てる……。

いつもと変わらずきれいな寝顔。

だとしたら無意識にやってるの……？

それはそれで、かなりタチが悪いような。

とりあえず起きていないことを確認したので、そのまま再び目を閉じて眠ろうとしたとき。

「……えま」

低くて甘い声が聞こえたと同時――唇にやわらかい感触(かんしょく)が押しつけられた。

一瞬、何が起きてるのかさっぱりで。

今まで感じたことがない、唇に伝わってくる熱……。

閉じていた目をゆっくり開けたら。

触れてる……浬世の唇が、自分の唇と。

これ……って、キス……してる……？

たしかに触れ合っていて、しっかり重なってる唇。

「っ……ん」

ずっと塞(ふさ)がれたままで苦しくなって、変な声が漏れてしまう。

目の前の浬世は目を閉じたまま。

もしかして、寝ぼけてキスしてる……？

だったら、早く離れないと……。

浬世の胸を押し返して、唇から逃げるように身体ごと後ろにさげたら。

「や……んんっ……」

後頭部に浬世の手が回って、逃げることを許してくれずに、またもう一度グッと唇を押しつけられる。

これ、ぜったい起きてる……っ。

そう思わせるようなキスの仕方。

最初は触れてるだけだったのに。

誘うように少しずつ唇が動いて、やわく噛んで、啄(ついば)むような甘いキス。

「ん……ふっ……り、せ……っ」

息が続かなくて限界の合図を送るけど、目を閉じたまま聞いてくれない。

まさかほんとに寝てるの……っ？

頭の中がごちゃごちゃ。

でもそれよりも、触れ合ってる唇にすべて意識を持っていかれそうで。

「ん……ぅ……っ」

変なの……っ。

こんなのおかしいのに、ダメなのに。

息苦しくて仕方ないのに。

キスの感触が想像していたよりもずっと気持ちがよくて、甘いなんて……。

甘い熱に溶(と)けそうになる。

「はぁ……っ、んっ」

わずかに唇がずれて、開けた口の隙間から酸素(さんそ)をゆっくり取り込んでいたら。

「……もっと」

「ふぇ……んんっ……」

微かにそんな声が聞こえて。

無理やりこじ開けるように、口の中にスッと舌が入り込んでくる。

息苦しさと、今まで感じたことがない刺激。

甘すぎてクラクラする。

息がどんどん荒くなって、でもその間も唇は触れ合ったまま。

「り……せ……っ」

塞がれたまま名前を呼んだら。

チュッと音を立てて、まんべんなくキスをしたあと、最後に軽く唇を舐められて。

「……えま」

同じように呼び返されて、閉じていた目を開けたら──。

「……ほんとかわいーね」

薄暗い灯りの中で──浬世の瞳は、たしかにわたしをとらえていた。

甘えと我慢と素直さ。

「え……うわ、ついに一線超えちゃったわけ？」
「いや、えっと、そこまでは超えてないというか……」
あの衝撃的(しょうげきてき)な夜から２日後。
今日は急きょ未来ちゃんの家にお邪魔して、この前あったことをすべて話し終えたところ。
「いやいや、今までも幼なじみらしくないことやってたけどさ。ついにキスしちゃったって？」
「うぅ……」
「念のため確認するけどさ、依茉と神崎くんってほんとに付き合ってないわけ？」
「つ、付き合ってない……です」
「なのにキスしたと？」
「だって、最初は浬世が寝ぼけて唇があたったくらいかと思ってて」
「だけど最後に目開けてるところ見たんでしょ？　だとしたら寝ぼけてるわけないじゃん」
「うっ……」
でも、キスした翌日の朝。
浬世はいつもと何も変わらず平常運転。
いつもどおり甘えるだけ甘え放題で。
「んで、神崎くんはキスのことについては、何も触れてこなかったと？」

「そ、そうです……」
　もし寝たフリしていたなら、浬世のことだから何か言ってくるかと思ったのに。
　あまりにも、いつもと変わらず接してくるから、わたしが夢でも見ていたんじゃないかって思い始めてくる。
「はぁぁぁ。神崎くんもほんと何を考えてるのかね。さっぱりわからないね〜」
「やっぱり無意識……だったのかな」
「いやいや、確実に意識はあったでしょ。依茉の話聞いてる限りだと」
　わたしだけが悩むばかり。
　おまけに、唇に残る感触がまったく消えない。
　やわらかくて甘くて痺れるような。
　うぅ、ダメだ……っ。
　思い出しただけで、顔がどんどん熱くなってくる。
「寝ぼけたフリとしか思えないけどね〜」
「なんでフリなんか……」
「依茉に意識してほしいからじゃない？」
「うぬぬ……」
　ますます浬世のことがわかんなくなる。
　ほんとは聞きたいよ。
　なんでキスしたのか。寝たフリじゃなかったのか。
　でも、なんでか聞けない。
　幼なじみ以上になりたいのに、もしうまくいかなかったら、幼なじみのままでいたほうがよかったって後悔したくない……みたいな。

素直になれないわたしも悪いけど。

浬世にだって、ずるいところがたくさんあるから。

それにわたしたちは、みんなに祝福されるようなカップルにはなれない。

だって浬世がモデルの世界にいる限り、“恋愛禁止”なんだから。

「え、うわ……雨降りそう……」

未来ちゃんにたくさん相談に乗ってもらい、気づけば夕方になっていた。

外に出たら、雲行きがかなり怪しそう。

「天気予報だと夕方から雨だったよねー。傘(かさ)貸そうか？」

「うーん……まだ降ってないし、走って帰ればなんとかなりそうかなぁ」

「でも降り出すかもだし、雨に濡れたら風邪ひくよ？」

「たぶん大丈夫な気がする！」

こうして傘を借りずに未来ちゃんの家をあとにしたのはいいんだけど。

このとき、未来ちゃんの言うことを聞いていればよかった……と、後悔するのは外に出て10分後くらい。

「えっ、うそっ」

ポツッと空から雨粒(あまつぶ)が降ってきたと思ったら。

一気にザーッと音を立てて、強い雨が降り出した。

さっきまで曇りだったのに、急にこんな降る!?

急いでマンションまで走ったけど、着いた頃には全身びしょ濡れ。

服なんて絞れちゃいそうなくらい。

今日に限って真っ白のブラウスを着ているせいで、濡れたブラウスが肌に張りついて気持ちが悪い。

早く着替えてシャワーを浴びたいと思いながら、カバンの中から家の鍵を探して扉を開ける。

玄関は真っ暗。

でも、その奥に見えるリビングは……電気がついている。

ということは、たぶん……浬世が来てる。

いつもどおり——って、意識すれば、もっともっと空回りしそう。

玄関から中に踏(ふ)み込めなくて、下に目線を落としたままでいたら。

リビングの扉が、ゆっくり音を立てて開いた。

「おかえり」

「……え、あっ」

“ただいま”って返したらいいだけなのに、浬世の姿を見て声を聞いたら——意識しないほうが難しくて。

「えま？」

「っ……」

なんでわたしのほうが意識してばかりで、浬世はなんともないような態度なの……？

いつまでも中に入ってこないわたしを、不自然に思ったのか浬世がこちらに近づいてきた。

「……びしょ濡れじゃん。早く着替えないと風邪ひくよ」
　腕をつかまれて、そのままリビングに連れていかれる。
　すぐに浬世がタオルを取ってきて、頭にバサッとかぶせられた。
「あ、ありが……きゃっ」
　お礼を言ってる途中だったのに。
　背後にフッと浬世の気配。
「……ほんと依茉って危機感ないよね」
「へ……っ？」
　真後ろから耳元でささやいてくる。
「……自分が今どんな格好か自覚してんの？」
　よくわからなくて、浬世がいるほうに身体ごとくるりと向き直る。
「えっと、この格好……変かな」
　襟(えり)のところに花の刺繍(ししゅう)がある真っ白なブラウス。
　それに合わせた黒のロングスカート。
「へぇ。気づいてないんだ」
「……？」
「その格好めちゃくちゃヤバいよ」
　めちゃくちゃヤバい……とは。
　そんなにおかしいってこと？
「え、えっと……」
　すると、イジワルくフッと笑いながら。
「今日はピンクですか、依茉ちゃん」
「は、はい？」

え、いきなりなに。
「かわいーじゃん。俺は白も好きだけどね」
「……?」
「まだわかんないの?」
「わ、わかんない」
さっきからピンクとか白とか。
「透(す)けてるよ」
「え?」
「……下着。透けてるって言ってんの」
「へっ……!?」
あわてて胸元に目線を移して。
すぐにバッと両手で隠して、下にしゃがみ込んだ。
「もしかして俺のこと誘ってる?」
「い、いや、そんなこと……」
「へぇ、誘ってくれるなんてうれしーね」
わたしの返答(へんとう)ガン無視。
目線を合わせるように、浬世もしゃがみ込んだ。
「……俺も男ですよ、依茉ちゃん」
「し、知ってる……よ」
「わかってんなら、そんな無防備な姿見せちゃダメでしょ?」
「これは、不可抗力(ふかこうりょく)……だもん」
「俺の理性が死んだらどーすんの」
「り、せい……?」
スッと手を伸ばして、わたしの髪に指を絡めてクルクル遊んでる。
「崩れたら抑えとかきかないよ」
　今度はゆっくり指が唇に触れて。
「……幼なじみなんてやってらんないね」

　あれからシャワーを浴びて着替えをすませた。
　いつもと変わらず浬世と一緒に過ごして、気づけば夜の９時を過ぎた。
　お互いの肩がピタッと、くっつく距離でソファに座っている。
　“幼なじみなんてやってられない”――これは、いったいどういう意図(いと)で言ったのか、さっぱりわかんなくてグルグル悩む。
　しかも、こんなこと言っておいて、そのあとの浬世はお決まりの平常運転。
　今だって、わたしの隣でつまらなさそうにテレビの画面をジーッと見ているし。
　甘えるように身体を少し寄せて、わたしの肩に頭をコツンと乗せてくる。
「ねー、えま。雷(かみなり)すごいね」
「う、うん」
　夕方から降り出した雨はもっとひどくなって、今はザーザー降りで、おまけにゴロゴロ雷が鳴っている。
　窓のほうに目線を向けたら、たまにピカッと光ってドーンッと大きな音が鳴るたびに、身体がビクッと跳ねる。

　昔から雷の大きな音と光がすごく苦手。
　怖くない怖くないって何度も言い聞かせるけど、苦手なものは苦手で。
「ひゃっ……！」
　窓の外から稲光(いなびかり)が見えた直後。
　今日いちばんの大きな落雷(らくらい)の音がドーンッと響(ひび)いた。
　音にびっくりして、思わず隣にいる浬世の腕にギュッとしがみつく。
「まだ雷怖いの？」
「だって、すごく大きな音するから……っ」
　また大きな雷が落ちそう……。
「うぅ、雷やだ……っ」
　抱きつく力を、さらにギューッて強くしたら。
　急に頭を抱えて、目元を手で隠したまま首をグイーッと後ろに倒した。
「ねー、依茉ちゃん。俺いますごーく我慢してる」
「へ……っ？」
「これってなに、拷問的(ごうもんてき)なやつ？」
　ゴウモンテキナヤツ……？
　えっと、えっと……。
「抱きつくのいいけど、あたってるよ」
「……？」
「やわらかいの」
「ぅ……あ……っ」
　なんのことを言ってるのかと思ったら。

思考をグルグル回転させて、ようやく事態に気づいてパッと浬世から離れる。
「無自覚とかタチ悪いよ」
「ぅ、ご、ごめんなさい……っ」
雷に気を取られて、まったく意識していなかったせい。
「フツーに触ったら怒るくせに」
「そ、それは怒るよ……っ」
怖さよりも今は恥ずかしさが勝って、下を向いて部屋着の裾をクシャッとつかむ。
「ほんと俺の理性いつ死んでもおかしくないよ」
「……っ？」
「こんな状況で手出してないんだから褒めて」
わたしの手の上に、そっと自分のを重ねてきた。
パッと顔を上げたら、いつもより少しだけ熱を持った瞳がこっちを見ている。
「……お願いだから、そんな可愛い顔しないで」
浬世の顔が、さっきよりも近くて——唇が触れそうで触れない。
こんな至近距離で見られたら、この前のキスを思い出しちゃう……。
浬世は気づいてないの、キスしたこと。
それとも気づいてるのに、わざとキスしたことを黙ってるの？
幼なじみだから、浬世の考えることなんて昔からぜんぶわかっていたつもりだったけど、今は全然わかんない。

「今から依茉のことひとりにしたら怒る？」
「えっ……？」
　ほら、また突拍子もないことを言うから。
「今日くらい自分の部屋で寝ようかと思って」
　なんでいきなりそんなこと言うの。
　距離を詰めてきたと思ったら、あっさりと引いていくから考えてることが読めないの。
　わたしの返事を聞く前に、ソファからスッと立ち上がって背中を向けた。
　とっさに身体が動いて、浬世の大きな背中にギュッと抱きついた。
　さっきまで恥ずかしさのせいで忘れていたけど、外は今もひどい雷雨。
　そんな中で、ひとりにされたら怖くて寂しくて。
　いつも当たり前のように、浬世がそばにいてくれるから。
　それなのに、今日に限ってそんなこと言わなくてもいいじゃん……っ。
「珍しいね。依茉から抱きついてくるなんて」
　フッと笑って、余裕そうな声。
　まるで、わたしが引き止めるのをわかっていて試しているような。
「なんで、帰るの……っ」
「気分ってやつ」
　“ひとりにしないで”って言いたいのに、素直な言葉が出てこない。

　だから、抱きつく力を強くして、ぜったい離れないって抵抗してみる。
「ねー、依茉ちゃん。そんな抱きつかれたら俺動けないよ」
「う、動かなくていいの……っ」
「……ひとりになるの嫌なんだ？」
　言葉にできないから、おとなしく抱きついたまま首をゆっくり縦に振る。
「へぇ……。じゃあ帰るね」
　ひどい、冷たい。
　腰に回しているわたしの腕をスッと外して、本気で帰ろうとしてる。
「な、なんで……っ」
　諦めの悪いわたしは小さな抵抗として、浬世の服の裾をギュッとつかむ。
「だって依茉がちゃんと口にしないから」
「へ……？」
「どうしてもそばにいてほしいなら、ちゃんと可愛くおねだりしてよ」
　素直に言わないと、そばにいてあげないよって顔でこっちを見てる。
「早くしないと俺いっちゃうよ」
　イジワルばっかりずるい。
　もっと優しく甘やかしてくれてもいいのに。
「そ、そばにいてくれなきゃ、やだ……っ」
「ふっ……かわいーから合格だね」

あれから浬世は自分の部屋に戻るのをやめて、いつもと同じように一緒に寝てくれることに。

「うっ、なんで抱っこで連れていくの」

「依茉が俺に抱っこしてほしそーな顔で見てたから」

「見てないもん……っ」

さっきまでリビングにいたけど、寝る時間になったのでお姫さま抱っこで寝室へ。

「ほんと素直じゃないね。まあ、そんなところもかわいーけど」

また出た。浬世の"かわいー"攻撃。

ドキドキしないで流しちゃえばいいのに、いちいち心臓がギュウッてなる。

ゆっくりベッドの上におろされて、そのまま一緒に身体を倒した。

いつもなら浬世のほうから抱きついてきて、腕枕もしてくれるのに。

今日は、ただ向き合ってるだけ。

ジーッと浬世の顔を見たら。

「なーに、その物欲しそうな顔」

やだやだ、そんな顔してるつもりないのに。

浬世が口角を上げて笑ってるから、どうしたらいいか悩んだ結果。

「……どーしたの依茉ちゃん。急に抱きついてくるなんて襲われたいの？」

浬世の胸に顔を埋めて、さっきみたいに抱きついた。

「だって、浬世がいつもみたいにしてくれないから……っ」
「俺も男なのにね。俺以外の男にこんなことしたら、間違いなく襲われてるよ」
「浬世は、そんなことしないでしょ……？」
“幼なじみだから”という言葉をあえて言わずに。
「……どーかな。俺はそこまで出来た人間じゃないからね」
そう言いながら、抱きしめ返してくれないからずるいの。
「今日は依茉のほうが甘えたがりだね」
「雷……怖いもん」
この理由もほんとだけど、今なら雷のせいにして浬世に甘えて触れることができるって……ずるい考え。
「……さっきより雷の音ひどくないのに？」
「なんで、そんなイジワル言うの……っ」
これじゃ、わたしばっかりが寂しがって求めてるみたいじゃん……。
いつもの甘えたな浬世は、どこにいったのって。
「もう、いいもん……」
浬世の胸元を押して、距離を取るように身体をくるりと回転させて背を向けた。
今ぜったい、わたしは拗ねた顔をしてる。
見なくてもわかるの。
たまにだけど、自分が気に入らないことがあると顔に出ちゃう。
でも今回のは浬世が悪いもん。
もう何を言っても許してあげないって、強気の姿勢でベッドの端っこに逃げたら。

「……拗ねた依茉もかわいーね」

　ベッドが軋む音がして、あっという間に甘い匂いに包まれた。

「……やだ、離して。浬世なんかもういいもん……っ」

　拗ねてることがあっさりバレてるし。

　浬世には何もかもお見通しなのかもしれない。

「ほんと依茉ってわかりやすいね」

「やだやだ……浬世なんかやだ……」

「そんなやだ攻撃ばっかされたら俺も拗ねるよ」

「拗ねちゃえバカ……っ」

　可愛くない。

　こんな態度ばっかりで、いつも素直になれない。

「……もっと素直になってよ、依茉ちゃん」

「うぅ……」

「俺はいつも素直なのに」

　どの口が言ってるの。

　素直じゃなくて、自分のやりたい放題にやってるだけなんじゃないの。

「……拗ねてないで俺のほう向いて」

「……」

「あと５秒カウントする間に、こっち向かなかったら一緒に寝ないよ」

　ずるい、ずるい。

　そうやってまた、自分のペースにうまく持っていくんだから。
　カウントが始まる前。
　身体ごとじゃなくて、首だけくるっと後ろに向けたら目が合った。
「……ちゃんとこっち向いて。依茉のかわいー顔もっと見せて」
「っ……」
　肩をつかまれて、そのままくるりと浬世のほうを向いた。
　キスできそうなくらい──幼なじみの距離じゃない。
　感覚が麻痺してる。
　こんなふうにひとつのベッドで抱き合って、触れ合ってることとか。
　どうして……こんなに近くにいるのに。
　気持ちは、いつまでも遠いままなの。
　頭の中で考えていることと、気持ちがうまく追いついていかなくて、ごちゃごちゃ。
　そんなわたしに追い討ちをかけるように──。
「ねぇ、依茉。いっこ教えてよ」
　少しの沈黙のあと。
　真剣な瞳がわたしをとらえて。
「……俺は依茉にとってなに？」
　今まで聞かれたことは、ほぼなかった。
　幼なじみよりもっと踏み込んできたのは、これが２度目。
　でもこれは、わたしだって聞きたいこと。
　浬世にとって、わたしは“ただの幼なじみ”でしかないの……って。
「……ずっと幼なじみのまま？」
　浬世はいつもずるい。
　自分の想いは言わなくて、こっちに言わせようとするばかり。
　けっして自分からは踏み込んでこない。
　でも、もしかしたらそうさせているのは、わたしが原因なのかもしれない。
　浬世がモデルを始める前……。
『依茉ってさ。どーゆー男がタイプなの？』
　一度だけ聞いてきたとき、きちんと想いを伝えていればよかったのに。
　それ以来、浬世は幼なじみの関係を続けたまま。
　ここで素直になれたらいいのに。
　ううん、素直にならなくちゃいけないのに。
　浬世のことが好きだって伝えて、もし想いが一方通行だったら。
　今までの幼なじみとしての関係すらも終わってしまうって、頭の中でいろんな考えが飛び交っている。
　それにわたしが告白することで、浬世の仕事を奪ってしまったらと思うと、怖くて気持ちなんて伝えられない。
「りせ、は……」
　言葉を間違っちゃいけないって、何度も何度も言い聞かせる。
　素直に今の気持ちを伝えたらいい――それだけ。

「浬世は……大切な幼なじみ、だよ」

　口にしてハッとしたけど、もう遅くて。

　一瞬、浬世の表情が悲しく……笑ったように見えた。

「……そっか。んじゃ、これからはもっと幼なじみらしくするから」

　ずっと一緒にいた時間は長くて、誰よりもお互いのことを理解しているはずなのに。

　気持ちがこじれてしまったら、それをもとに戻すのは他の人たちよりきっと難しい。

　幼なじみなんて、近くていいように見えて、全然そんなことない。

「……おやすみ、依茉」

　いつも抱きしめてくれるのに。

　今日だけは……大きな背中が向けられて。

　何も言えなかったわたしも気まずさから逃げるように浬世に背を向けて。

　初めて……同じベッドでお互い離れて眠りに落ちた。

第3章

嫉妬とライバル。

　長かった夏休みが明けた９月の上旬。

「……おはよ」

「あっ、お、おはよう」

　いつもと変わらない朝。

　目を覚ましたら、真っ先に浬世の寝顔が飛び込んできて、眠っている浬世を起こして。

　あの日——浬世に言われた“もっと幼なじみらしくする”っていうのは、どういうことなんだろうって。

　あれから気まずくなるかと思ったけれど、浬世はいつもと変わらずに接してくるし。

「はぁ……今日も撮影だるいから風邪ひきたい」

　と、こんな感じの調子で。

「なんか悪寒(おかん)がする。これ風邪だよね？」

「たぶん気のせいだから休んじゃダメだよ」

　でも、ひとつだけ変わったこと。

　それは……。

「ねー、依茉？」

「ひゃっ、な、なにっ」

「俺のネクタイどこ？」

「へ……っ？」

　顔を覗き込んでくるけど、距離はそんなに近くない。

「……ってか、ネクタイとか面倒だし邪魔だからしなくてもいーよね」
「生徒指導の先生に怒られちゃうよ」
　前みたいに、わたしに触れたりすることがなくなった。
　わたしの部屋で一緒に生活することも、ほんとに何ひとつ変わっていないはずなのに。
　甘えたな浬世は、いなくなった。
　前は隙があれば、いつだって引っついたまま離れてくれなくて、わがままで甘え放題。
　それが今では嘘みたいになくなった。
「ガッコーもスタジオも飛んでいってくれたらいーのに」
「そんな不謹慎なこと言っちゃダメだよ」
　これが本来の幼なじみとしての接し方なのに。
「……まあ、もうすぐ大事な撮影があるとか田城が言ってたから、休んだら殺されそーだけど」
　この接し方に慣れないわたしのほうが、全然幼なじみらしくない。

「ほほーう。やってしまったね、依茉さん」
「うっ……。そんなはっきり言わないで……」
　登校して未来ちゃんに今まであったことをすぐ相談。
「なんで素直になれないかねー。今回は完全に依茉が悪いよー。大切な幼なじみって言われたら、そりゃ神崎くんだって引いちゃうって」
「でも、浬世だって……はっきりした気持ち伝えてくれないから。それに浬世は“恋愛禁止”だし……」

どうしたらいいのかわかんなくて、ため息とともに机にペシャリとおでこをつける。

「もし仮に依茉と付き合うことで仕事ができなくなるとしても、神崎くんは余裕で依茉を選びそうだけどね」

「うぅ……そんなの申し訳ないよぉ……」

「幼なじみって周りが思ってるより複雑なのかねー。ってか、こじれるとややこしいよね」

「これってこじれてる……」

「だろうね」

そ、即答……。

「依茉が好きだって伝えたら、うまくいきそうなのにー」

「それができたら苦労しないよぉ……」

「周りからしたら、お互い好き同士にしか見えないけどね」

「浬世の気持ちが読めなさすぎるよ……」

「もしかしたら、神崎くんが気持ち伝えてこないのは、マネージャーさんから言われてること気にしてるのかもね」

「ほらぁ……」

「だから、そこで依茉が好きって押しきればいいだけの話じゃん！　さっきも言ったけど、神崎くんは仕事より依茉のほうが大事だろうし」

いったい、いつになったらこの気持ちを浬世に伝えられる日が来るんだろう。

伝えたいって思う気持ちと、伝えるのが怖いって思う気持ちが半分ずつあるせい——。

あれから1日はあっという間に過ぎて。

さっき湮世が撮影から帰ってきて、シャワーを浴びてソファに座ってスマホをいじってる。

そんな湮世の隣に少しだけ距離を取って座る。

前ならわたしが隣にいたら、すぐに膝枕してとか言ってきたり、肩に頭を乗せてきたりとか。

何かしら湮世のほうから、ちょっかいを出してくるのに。

こっちを見るどころかスマホに夢中。

つまらなさそうに画面をスクロール。

わたしだけ何もしてないのが嫌で、なんとなくスマホに手を伸ばしていじってみる。

スマホを触りながらチラチラ湮世のほうを見るけど、一度だって目が合わない。

いつもふたりでいるときは、仕事の連絡以外ではほとんどスマホを触らないのに。

いったい何を見ているんだろうって、すごく気になっちゃう。

ジーッと視線を送っても、こっちを見ない。

さっき取ったはずの距離を詰めて、お互いの肩が触れるくらいまで近づいた。

それでも湮世は、こっちを見てくれない。

仕事の連絡なのかなって、見ちゃいけないとは思いつつ、スマホの画面をチラッと見たら。

「……えっ」

思わず声が漏れて、ハッとしてすぐに口元を自分の手で覆った。

さいわい、スマホに夢中の浬世は気づいていないみたい。

見なきゃよかったって、勝手に後悔してる。

だって、浬世が今もまだ見てる画面には、今話題の可愛いと騒がれている――アイドルの倉城結菜（くらしろゆいな）ちゃんが映っていたから。

最近アイドル活動だけじゃなくて、モデルの活動も始めているとか。

男の子からの人気はもちろん、愛嬌（あいきょう）のある顔立ちと嫌味のない可愛さで女の子からの人気も高いんだとか。

同世代の子たちから圧倒的に支持されてる。

女の子なんて興味ないとか言っていたくせに。

どんなに可愛いモデルさんがいても、まったく無関心で興味なさそうにしていたのに……心が一気にモヤモヤ。

あぁ、やだやだ。ぜったい拗ねた顔してるわたし。

浬世がこっちを見ていなくてよかった。

ムッとした顔を隠すように、クッションに顔を埋めていると。

「ねー、依茉」

急に名前を呼ばれてびっくり。

「な、なに？」

クッションに顔を埋めたまま。

「……次の撮影見に来て」

「え……？」

ゆっくりクッションをどかして、チラッと隣に目線を送ってみると。
　スマホはソファの上に伏(ふ)せて、わたしを見ていた。
「……ぜったい来て」
　再度、しっかり目を見て言ってきたから。
　なんて返答しようか迷ったけど、最終的にゆっくり首を縦に振った。

　数日後。
　放課後、浬世が教室に迎えにきてくれた。
　そのまま田城さんが来て、前にスタジオに行ったときと同じように車で送ってもらった。
　田城さんはわたしを見るなり「やっぱり依茉ちゃん呼んだのかー」なんて、苦笑いで言ってるし。
　今日わたしが呼ばれたのは、何か理由があるのかなって考えたけどわかんなくて、浬世も何も教えてくれない。
　前と同じようにわたしだけ先にスタジオに入って、浬世は着替えるために別室へ。
　端っこにひとりで立って、ボーッとしていると。
「あれ、依茉ちゃんだ」
「……え、あっ、瑠衣くん」
　こうして話すのは、前に放課後ふたりで出かけた日以来。
「久しぶりだね」
「瑠衣くんも今日撮影？」
「うん、まあね。今さっき終わったところ」
「そっか」

前にふたりで出かけたとき、瑠衣くんの様子が少しだけおかしくて気になったけど、今話している感じだと普段どおり。
「今日は浬世に誘われたの？」
「う、うん」
「へぇ。今日の撮影に依茉ちゃんを呼ぶなんて予想外かも」
それってどういうこと？
やっぱり今日何かあるの？
瑠衣くんに聞こうとしたら、着替えを終えた浬世がスタジオに入ってきて撮影スタート。
「せっかくだから、俺も見ていこうかなー」
なんて言いながら、腕を組んでわたしの真横に立ったままの瑠衣くん。
聞くタイミングを逃しちゃった。
浬世のほうに目線を向ければ、相変わらず順調そうに進んでいて、シャッターを切る音が止まらない。
夢中になって目が離せなくなる。
普段の甘えたな浬世も、スイッチが入ったときのモデルの顔をしている浬世も——いつでもわたしにとっては特別で、いちばんなんだ……。
「……ほんと依茉ちゃんは浬世しか見てないんだね」
瑠衣くんがひとり言のようにつぶやいた声も、わたしの耳には届かないまま。
完全に周りのことを忘れて、目の前の浬世に釘付け状態になっていたとき。

「倉城結菜ちゃん入りまーす!!」

ふと目線を声のするほうへ向ければ。

数日前、浬世がスマホの画面で見ていた結菜ちゃんがいて、状況を理解するのに時間がかかった。

スタッフさんの声でいったんカメラが止まり、結菜ちゃんがどんどん浬世のいるほうへ近づいていく。

もしかして、今回の撮影は浬世だけじゃなくて、結菜ちゃんも一緒……なの?

結菜ちゃんが笑顔で浬世に話しかけているところを見て、胸がギュッと苦しくなった。

少し遠いわたしの位置から見ても、結菜ちゃんは可愛らしくて華奢(きゃしゃ)で、理想の女の子。

浬世と並んでも劣(おと)らない。

ほんとにお似合い……。

浬世も満更(まんざら)でもない顔をしてる。

そんな光景を見て、一瞬で胸が重苦しくなった。

女の子と撮影する機会があってもおかしくないから、こんなのでいちいちモヤモヤしていたらキリがないのは、わかっているの。

でも、浬世は今までモデルの仕事をしてきた中で、女の子との撮影は受けたことがないって。

田城さんから聞いた話だと、浬世がぜったい受けたくないって拒否していたらしく。

そういうオファーもあったみたいだけど、ぜんぶ断ってきたとか……。

撮影は基本的にひとりか、同じ事務所の瑠衣くんとかメンズモデルの子とか。

なのに、なんで急に……結菜ちゃんとの仕事を受けたりしたの……？

しかも、このタイミングでわたしをスタジオに呼ぶなんて、何を考えてるの……？

目の前の光景に理解が追いつかないまま、スタッフさんの声がかかって結菜ちゃんも入って撮影が再開。

「ふたりともいいね〜。もう少し近づいてみようか〜！」

カメラマンさんが言うとおり、ふたりの距離が簡単に縮まる。

何度も自分に言い聞かせる。

これは仕事だから仕方ないって。

でも、ふたりを見れば見るほど苦しくなって、視界から遠ざけたくなる……。

「結菜ちゃん、もう少し浬世くんに顔寄せてみようか〜！腕とか浬世くんの首に絡めて距離近づけてみて！」

ふたりから目をそらしたのに、結局気になって視線はもとに戻ってしまう。

白くて細い腕が、浬世の首筋にスッと回って。

お互い見つめ合って、キスできそうな距離。

浬世がわたしじゃない女の子に触れて、触れられて。

こんなにも胸が苦しくなるなんて。

ふたりを見ているのも嫌——でも、目線はふたりに釘付け状態。

　どうしたって視界から遮（さえぎ）ることができなくて、ギュッと目を閉じようとしたら。
　突然、目の前がフッと暗くなった。
「つらいね。無理して見なくていいよ」
　瑠衣くんの大きな手が……視界を覆った。
「なん、で……」
「すごい切なそうな顔してるから」
　あぁ、わたしそんなわかりやすい顔してたんだ。
　心は押しつぶされそうだし、表情にも出ちゃうし。
　こんなところ浬世に見られなくてよかった。
「ほんとはさ、俺知ってたんだよね。浬世が女の子と撮影すること。だから、浬世が今日依茉ちゃんを呼んだのは、なんでかなって」
「わかん、ない……」
「そうだよね。ごめんね、つらいのに変なこと聞いて」
　そんなことないよって意味を込めて、首を横に振った。
「もしかしたら……依茉ちゃんに嫉妬（しっと）してほしかった……とか」
「え……？」
「あー、今のは聞かなかったことにして」
　そこで会話は途切れて、瑠衣くんのおかげで今もふたりは視界から遮られたまま。
　でも、シャッターの切られる音がするたびに、ふたりは今どれくらいの距離なんだろうとか、どんなシーンを撮っているんだろうとか……気になるばかり。

　そしてそのあと、短い休憩時間を挟むという話し声が聞こえてきた。
　撮影がいったん止まったから、浬世がこっちに来たらどうしようって考える。
　ぜったい自然にできない。
　すると、瑠衣くんがわたしの前に立った。
「いいよ、俺に隠れてて」
「っ……」
　その言葉に甘えて、身を小さくしていると。
「ねぇ、瑠衣。なんで依茉のこと隠してんの？」
　やっぱり浬世にはバレていた。
　不機嫌そうな声で瑠衣くんに問いかけてる。
「なんでって、誰かさんが子どもっぽいことして傷つけてるから」
「……は？」
「自分のほうに振り向かせたいのもわかるけど、それで相手が傷つくとかわかんない？　やり方もっと考えなよ」
「……瑠衣にいろいろ言われる筋合いないんだけど」
「そうだね。言うつもりなかったけど、今回のは浬世が悪いよ」
　ふたりとも顔は見えないけど、お互いバチバチしているような口調。
「だからさ、瑠衣にはカンケーないでしょ。依茉も後ろに隠れてないで顔見せてよ」
　急に名前を呼ばれてドキリとした。

正直、今は浬世に顔を見られたくない。

それを瑠衣くんが察してくれたのか。

浬世がわたしの顔を見ようとすれば、身体を使ってうまく隠してくれる。

「瑠衣さ、俺のこと怒らせたいの？　なに、嫌がらせ？」

「怒らせる気はないよ。ただ、今日だけは依茉ちゃんのこと譲らないよ」

「何それ。イミフメーなんだけど」

珍しく浬世が本気で怒ってる気がする。

だって、口調が早口で威圧的(いあつてき)だから。

「ねー、依茉。なんで顔見せてくれないの」

「……っ」

「いま何も言わないなら、撮影終わったあと帰るときに聞くから」

まだこの撮影が続くってことは、わたしはそれをずっと見ていないといけないの……？

そんなの耐えられないし、見たくもないと思うのは自分勝手なのかな……。

「ねぇ、依茉──」

「……も、もう、帰る……っ」

浬世が喋っているのを遮って、少し強めの口調で言った。

今は感情のコントロールがうまくできないし、この状況に耐えられるほどわたしは大人じゃない。

「……は、なんで？　撮影終わったら一緒に帰ればいーじゃん。待っててよ」

　どう言い訳を並べたらいいんだろうって頭をフル回転させるけど、何も思いつかない。
　結局、とっさに口にしたのは……。
「瑠衣くんと、帰る……っ」

うまく交わらない。

「あの、瑠衣くん……。急に、その……ごめんなさい」
「いいよいいよ。俺もそろそろ帰ろうと思ってたし」
瑠衣くんとスタジオを出て、少し暗くなった道を一緒に歩いている。
瑠衣くんのマネージャーさんが車で送るって言ってくれたけど、瑠衣くんがふたりで帰ろうって提案してくれた。
浬世の前でどうしたらいいのかわからなくて、とっさに瑠衣くんと帰ると言ってしまって。
帰る約束なんかしていなかったから、合わせてくれるか不安だったけれど「今日は俺が依茉ちゃんのこと送って行くから」と言ってくれた。
そのあと休憩時間が終わって、そのまま浬世とは何も話すことはなかった。
やっぱり怒ってた……かな。
でも、浬世だって、こんなタイミングでわたしのことをスタジオに呼んで、見せつけるようなことするから。
あぁ、やだ。思い出したら泣きそうになる……。
グッと下唇を噛み締めて、下を向いて歩いていたら。
「……少しだけ寄り道していこっか」
不意に空いていた片手を繋がれた。
「え、あっ……手……」
「今日くらい俺が依茉ちゃんのこと独占してもいいかなっ

てね」

　軽く笑って、繋いだ手を離さないまま。

　連れて行かれたのは小さな公園。

　もう遅い時間なので、人は誰もいなくて静か。

　少し小さめのベンチがあったので、そこにふたり揃(そろ)って腰を下ろした。

　正直、今はひとりになりたくなかったから、こうして瑠衣くんが一緒にいてくれてよかったかもしれない。

　ひとりになったら余計なことをいろいろ考えて、泣きそうになるから。

「さっきスタジオ出るときに買ってきたから、よかったら飲んで」

　少し大きめのカバンから取り出された、お水が入ったペットボトル。

「あ、ありがとう……」

「どういたしまして。さっきよりは落ち着いた？」

　ペットボトルをギュッと両手で握って、目線は地面に落ちたまま。

「さっきよりは……大丈夫かな」

　少しだけ嘘をついた。

　今だって浬世のことが気になって仕方なくて、胸が苦しくて重いのに。

「……いいよ、嘘つかなくて。ほんとは浬世と相手の女の子のこと気になってるでしょ？」

　瑠衣くんにはぜんぶお見通しなのか、あっさり嘘をついたことがバレた。
「今回の仕事は浬世が受けるって言ったみたいだから。どういう考えがあるのかはわかんないけど、依茉ちゃんはいい気しないよね」
　何も言えない。
　瑠衣くんには、わたしが浬世のことを好きだって言ったことはないけど。
　たぶんほぼ、気づかれているような気がする。
「……あのさ、いっこ聞いていい？」
「な、なに……？」
　少しの沈黙のあと。
「ふたりって、ほんとにただの幼なじみ？」
　ほんとならここですぐに「そうだよ」って返せたらいいのに。
　実際“ただの幼なじみ”で、それ以上の関係はないのに。
　頭の中はグルグル。胸の中はモヤモヤ。
「何も言えない……か」
　すると、ベンチの上に置いていたわたしの手の上に、瑠衣くんが自分の手を重ねてきた。
　強引じゃなくて、優しく包み込むように。
「……やっぱり依茉ちゃんの中では、浬世がいちばんで特別？」
　そのまま肩を抱き寄せられて、あっという間に瑠衣くんの腕の中。
「え、あっ……るい、くん……？」

「……浬世なんかやめて、俺を選んでくれたらいいのに」
甘い……瑠衣くんの匂い。
ものすごく近くに瑠衣くんの体温を感じて、少しだけ心臓がドキドキ音を立てる。
「俺なら依茉ちゃんにそんな顔させないよ」
ギュッて、抱きしめる力が強くなった。
どうしたらいいかわかんなくて固まったまま動けない。
「ほんとは無理やりにでも浬世から奪ってやりたいけど」
「……っ？」
「浬世には敵わないだろうと思ってたから、気持ち伝えるつもりなかったんだけどね。でも、依茉ちゃんのこと悲しませるような、傷つけるようなことをする浬世には渡したくない」
さっきより少しだけ抱きしめる力をゆるめて、わたしの顔を下からすくいあげるように見てくる。
とらえたら逃がさないような……すごくきれいな瞳。
「もし俺が──依茉ちゃんのこと好きって言ったら困る？」
一瞬思考が停止。そのままショートしそう。
いま、好きって……言った？
あまりに自然な流れでさらっと言われて、予想外すぎてついていけない。
「え……っと」
戸惑うわたしに追い討ちをかけるように──。
「俺は依茉ちゃんのことが好きだよ」
揺るがない、真っ直ぐな瞳で見つめてくる。

　ストレートにぶつけられた言葉に、どう反応したらいいの……？
　ただでさえ、浬世のことで頭の中がいっぱいなのに、それに加えて瑠衣くんに好きなんて言われたら……。
「す、すき……って」
「依茉ちゃんのこと本気で好きだよ」
　動揺しているわたしにたいして、瑠衣くんはすごく落ち着いてる。
「な、なんで……」
　だって、瑠衣くんはお世辞(せじ)じゃなくてほんとに容姿が整っていて、かっこよくて。
　中身だって、すごく優しくて。
　女の子みんなが放っておかないはず。
　それに、モデルの仕事をしていたら浬世と同じでたくさんの可愛い子と出会う機会だってあるわけで。
　わたしなんかどこにでもいる平凡な容姿で、惹かれる要素とかないだろうし。
「……ひと目惚(めぼ)れ、って言ったらいいのかな」
「え……？」
　びっくりした声が出たと同時に、瑠衣くんが珍しく少し照(て)れた様子で頭をガシガシかいている。
「浬世の撮影でスタジオに来てたとき……だったかな。たまたま俺もスタジオで見学してたんだけど。そのときに依茉ちゃんがいたことに気づいて。浬世はスタジオに女の子とかぜったい連れてこないから、珍しいこともあるんだなーってね」
　そのまま瑠衣くんは話し続ける。
「少し興味がわいたから田城さんに依茉ちゃんのこと聞いたら、浬世の幼なじみだって知って。それから浬世の撮影を見に来てたはずなのに、気づいたら依茉ちゃんのほうが気になっちゃって」
「……」
「なんかさ、そのとき浬世を見てる依茉ちゃんの顔に釘付けになってる自分がいて。一瞬でわかったよ。あぁ、この子は浬世のことが好きで仕方ないんだって」
　他の人から見ても、こんな簡単に好きってバレちゃうほど……なんだ。
「夢中で見惚れてた依茉ちゃんの表情が、なんでか忘れられなくてね。それから話す機会も増えて、依茉ちゃんの可愛いところとかたくさん知れて、中身も素敵な子なんだって依茉ちゃんの魅力に惹かれるばかりで」
　こんなにわたしのことを真っ直ぐに想ってくれて、ストレートに気持ちを伝えてくれて。
「俺のほう向いてくれたらいいのにって思うけど、俺は浬世みたいになれないし。ふたりって幼なじみなのに、それ以上にお互いを想い合ってるのがわかるから。だから、諦めるしかないと思ってたけど。依茉ちゃんが傷ついてるのは放っておけないなって」
　優しくて、わたしのことを考えてくれて。
　瑠衣くんの彼女になったらきっと幸せで、もっと素直になれるのかも……って、微かにそんなことを思うけれど。

胸の中に、いつまでも浬世への気持ちが残っていて、それが強くて、全然消えないの。

わたしの中では、いつも浬世がいちばんで特別……。

これは、ぜったい変わらないって言いきれてしまうほど。

きっと、浬世以外の男の子にどれだけ想いを伝えられてもそう簡単には、なびかないって自分がいちばんわかってるの。

いっそのこと、浬世にはっきり嫌いって突き放されて、幼なじみとしてもそばにいられなくなれば、気持ちは消えるのかな……。

「こんなふうに伝えても、俺は浬世を超えられないもんね。どうやったら俺が……依茉ちゃんの特別に、いちばんになれるのかな」

少し切なげに笑った顔。

そのまま瑠衣くんの顔が近づいてきて──コツンと……おでこが軽くぶつかった。

間近でしっかり視線が絡んで動けない。

「……ごめんね。困らせるつもりはなかったんだけど、どうしても俺の気持ち聞いてほしくて」

わたし今どんな顔してるの……？

自分じゃわかるわけなくて、わかるのは目の前にいる瑠衣くんだけ。

「……依茉ちゃんの気持ちを無視して無理やり振り向かそうとすることはしないって約束するから。依茉ちゃんの気持ちがいま浬世にあることは知ってるし」

真っ直ぐ見つめる瞳には迷いがない。

「でも……少しは俺のことも意識してほしいな」

「っ……」

目の前にいるのは瑠衣くんなのに。

今、わたしの頭の中は浬世でいっぱい。

どんなに苦しくても、幼なじみ以上になれなくても。

やっぱり、浬世を好きだって気持ちは消えないし、ぜったいに揺るがない。

「ご、ごめんなさい……っ。瑠衣くんの気持ちには応えられない……っ」

このまま流されるのはよくない……。

「依茉ちゃんが俺のこと好きになってくれるまで待つって言っても？」

きっと、どんなに待ってもらっても、わたしの気持ちは動かないと思う。

それくらい——今のわたしの気持ちは、浬世にしか向いてない。

「わたしには、浬世だけなの……っ。叶わなくても、幼なじみとしてしかそばにいられなくても……。それでも、わたしは浬世が好きで、浬世しか見えてないの……っ」

勝手だってわかってる。

瑠衣くんの気持ちに応えられなくて、最低なこと言ってるのもわかってる。

でも、ここではっきり自分の想いを伝えないと、瑠衣くんをもっと傷つけちゃうかもしれないから。
「……ほんとに、依茉ちゃんの浬世への想いは真っ直ぐなんだね。こんなに想われてる浬世が羨ましいな」
「ご、ごめんなさい……っ」
「でもね、俺も依茉ちゃんのこと簡単に諦める気ないよ」
　そう言って、固まったままでいるわたしの頬に、優しくキスを落とした。

幼なじみなんて複雑。

「えっ、間宮くんに告白された!?」
「しーっ!!　未来ちゃん声が大きいよ！」
　週明けの月曜日。
　未来ちゃんと、お昼を食べながら最近あったことを報告。
「依茉さんモテ期到来(とうらい)ですか」
「そ、そういうわけじゃなくて……！」
「もういっそのこと、神崎くんよりストレートに気持ち伝えてくれる間宮くんのほう選んだらいいのにー」
「う、や……、そんなのできないよ」
　あの日、瑠衣くんはわたしが告白を断ったのに、それでも諦めないと言いきって、おまけに「……俺のことも少しは意識してね。依茉ちゃんのこと独占したいって思ってるのは浬世だけじゃないから」と言われた。
　そのまま家まで送ってもらって解散。
　そこから顔を合わせる機会はないまま。
　浬世は泊まりで３日間撮影があって、マンションのほうに帰ってきていない。
　そして、今日……帰ってくる予定。
「依茉はどうなの？　間宮くんに告白されて少しでも気持ちは動いたりした？」
　わたしの特別は、いつだって浬世だけ……。
　それくらい、強く想っているから。

「まあ、依茉が神崎くんしか見えてないのはわかってるけどさ。いっそのこと好きって勢いで伝えて、はっきりさせればいいのに」
「それが難しいんだよぉ……」
　少しも前に進めないウジウジしてる自分がすごく嫌だ。
「これ以上こじらせると厄介だし、取り返しのつかないことになっても知らないよ？」
「わかってる、もん……」
「神崎くんが踏み込んできて、依茉が逃げちゃってるんだから。今度は依茉から行動を起こさないと」
　そう言われても、それがなかなかできなくて素直になれないから難しい。
　いつからわたしは……浬世の前で素直になれなくなったんだろう。

　学校が終わって、いつもどおりの時間にマンションに帰ってきた。
　予定だと浬世が帰ってくるけど、具体的な時間などは聞いていない。
　顔を合わせたら、どんなふうに接したらいいんだろう。
　ぜったい怒ってそうだし、瑠衣くんとのことも聞かれたりするのかな……。
　もしかしたら口を聞いてもらえないかも。
　頭の中でいろいろ考えながら、玄関の鍵をガチャッと開けたら。

「え……うそ、開いてる」

朝きちんと鍵をかけたはずなのに、扉はなぜか施錠(せじょう)されていない。

ま、まさかドロボウ……？

恐(おそ)る恐る中を覗いたら、奥に見えるリビングの明かりがついてる。

わたし以外で、この部屋の鍵を持っているのは……浬世だけ。

だとしたら、もう帰ってきてるの……？

どうしよう、気持ちも整理できていない状態で顔を合わせることになるなんて。

ドクドクと心臓が変に音を立てる。

扉のノブをギュッと握ったまま、中に入るのを躊躇(ちゅうちょ)していると……。

「依茉？」

急に後ろから声が聞こえてドキリとした。

とっさに振り返ったら。

「え……あっ、りせ……？」

部屋の中にいると思っていた浬世がいて、驚きすぎて目が飛び出そうなくらい見開いてる。

「うん、俺だけど。なんでそんなびっくりした顔してんの？」

キャリーケースを持っている様子から、おそらく今ここに帰ってきたっぽい。

「あ、やっ、えっと……」

「なんで部屋に入んないの？」

浬世は普通にいつもどおり。

何も言ってこない、聞いてこない。

また、わたしだけがグルグル考えて、どんどん自然に接していくのが難しくなってる。

「部屋の鍵……開いてたから。てっきり浬世が中にいるのかと思って」

「……俺が中にいると思ったから入らなかったの？」

「っ……」

図星……。いつもそうだけど、ごまかすのがへたで、頭の回転も遅いから、言い訳すら思いつかなくて言葉に詰まるばかり。

「……そんなあからさまに気まずそうな顔してたら、何かあったのかと思うけど」

「別に、何もない……よ」

少しの沈黙。重たい空気が流れる。

なんでこんなにうまくいかないの。

ただ……浬世のことが好きで、幼なじみ以上の関係になりたいと思っているだけなのに。

そう思えば思うほど、自分が素直になれなくて、どんどんこじれていくばかり。

沈黙に耐えられなくて、目線が下に落ちたとき。

「あらー？　もしかして依茉帰ってきたのー？」

リビングのほうから、この場の空気に合わない陽気(ようき)な声が聞こえてきた。

この声……もしかして。

パッと部屋の中を見たら案の定、予想していた人物がにこにこ笑いながらこちらにやってくる。

あぁ、そういえば浬世以外に部屋の合鍵を持ってる人いたよ……。

「え、なんでお母さんがここに」

そう……中にいたのは、まさかのお母さん。

来るなんて連絡いっさいなかったのに。

「久しぶりに依茉の様子を見に来たのよ～！　あらっ、浬世くんも久しぶりじゃない！　すっかり人気モデルさんになっちゃってね！」

お母さん、完全に今そのテンション間違ってるよ……。

こっちは、あからさまにどんよりした空気だっていうのに、お母さんはお構いなしにハイテンション。

「……どうも、お久しぶりです」

「この前も浬世くんが載ってる雑誌を本屋さんで見てね、つい買っちゃったのよ～！　ほんとにかっこよくなっちゃって！　ね、依茉？」

「え……あ、うん……」

「何よ～！　反応が鈍(にぶ)いじゃない！」

今はそれどころじゃないよって、ツッコミを入れたくなるくらい。

「依茉は今学校から帰ってきたのよね？　浬世くんは撮影か何かあったのかしら？」

こんなときに限って、お母さんはよく喋る。

「……あー、はい。ついさっきまで撮影で、今やっとこっちに帰ってきた感じです」
「あらっ、そうなのね！　じゃあ、よかったら浬世くんあがっていってよ！」
　えっ、嘘でしょ。
　なんでその流れになっちゃうの。
「い、いや、浬世も帰ってきたばっかりで疲れてるだろうし。ひとりでゆっくりさせてあげたほうが……」
「いいじゃない!!　お母さん久しぶりに依茉と浬世くんの話聞きたいのよ～！」
　いや、聞かせるほどの話はないし、正直放っておいてくれたほうがものすごくありがたいんだけども。
　事情を知らないお母さんは、空気を読んでくれるわけもなく……。
　結局、浬世も断れなくて部屋にあがることに。
　ハイテンションなお母さんは、わたしと浬世に質問ばかりしてくる。
「ふたりは最近どうなのよ～？　隣同士で住んでるんだから何か進展あったりしないの？」とか「いい加減付き合っちゃえばいいのに～！」とか「浬世くんはどういう子がタイプなの～？」とか……。
　もう、これ以上根掘り葉掘り聞かないでよぉ……。
　浬世も普段なら「……別に。ってか、答えるのめんどい」って言いそうだけど、相手がわたしのお母さんだから気を使っているのか、当たり障りのない答えでうまくかわしている。

　そのままお母さんがルンルン気分で晩ごはんの準備とかしちゃって。
「よかったら浬世くんも食べていってね？　お母さん張り切って作っちゃうから！」
　気づいたら夜の７時を過ぎていた。
　晩ごはんのときもお母さんの弾丸トークは止まらない。
「あっ、そういえばこれ見てよ！　スーパーで抽選やってて当たったのよ～！」
　そう言って袋の中から取り出されたもの。
「え、これって花火？」
　そんなに大きくないけど、たくさんの種類が入っている花火セット。
「そうよ～！　昔よく依茉と浬世くん花火好きでやってたじゃない！　だから持ってきてあげたのよ～」
　たしかに昔……小さかった頃は、夏になるといつもお母さんに花火をねだって買ってもらって、浬世の家族と一緒に川沿いとかでやっていたけど。
　でも、それっていったい何年前の話なの。
　しかも、もう夏は終わって９月に入っているのに。
　９月といっても、まだ暑くて秋らしくないけれど。
「いやいや、もうわたしも浬世も高校生だし。花火なんてやらないよ……」
「えぇ～、いいじゃない！　せっかくだから今日の夜にでもふたりでやってきなさいよ！　そのためにお母さんここに来たのに！」

ものすごくバッドタイミング……。

こっちは呑気に花火してるほど、空気よくないのに。

浬世とかぜったい嫌がりそうだし。

「いや、ほら浬世も家でゆっくりしたいだろうし……」

ほんとは目を合わすのも少し気まずいけれど、横目で訴(うった)えてみたら。

「……俺は別にいーよ」

なんと予想外な返事が返ってきた。

「ほらー、浬世くんは賛成してくれてるじゃない！　依茉だけよ、嫌がってるの！」

「べ、別に嫌がってるわけじゃ……」

もう、浬世は何を考えてるの。

ほんとに考えが読めないから困る。

「じゃあ、いいじゃない〜！　ふたりで昔を思い出す感じでやってみたら、案外楽しいかもしれないわよ〜？」

何も知らないお母さん能天気(のうてんき)すぎだよ……。

結局、お母さんが張り切って用意した花火たちを持って、浬世とふたりで部屋を出た。

夜だろうと関係ないくらい、外はまだ蒸(む)し暑さが続いている。

エレベーターでエントランスまで向かい、マンションを出て少し歩いて川沿いへ。

「あの、浬世……？」

「……なに？」

浮き沈みのない声のトーン。
「その、花火……別に無理しなくても、今からでもいいから帰ったほうがよくない？」
「……」
む、無視……。
前をズンズン歩いて、こっちを向こうともしない。
「ねぇ、浬世ってば……」
小走りで浬世に追いついて、服の裾をギュッと引っ張ったら。
「……いーじゃん」
裾を引っ張った手がスッと取られた。
そのまま指を絡めて握ってくる。
不意打ちとはいえ、久しぶりに浬世の体温を感じたら心拍数は急上昇。
……手は繋がれたまま。
特に会話もせずに、浬世がわたしの手を引いて少し前を歩くだけ。
真っ暗な夜道を、所々にある街灯が照らす。
人は誰もいないし車も通っていない。
しばらく歩いて川沿いに着いた。
川のそばに近づいたら水が流れる音がして、ここにも人の気配はない。
まさか、こんなかたちで浬世とふたりっきりになるなんて、少し前のわたしじゃ考えられなかった。
というか、浬世が帰ってきたらどういう反応をしたらいいんだろうって悩んでいたのに。

浬世が、あまりにもいつもと変わらず平常運転だから。

てっきり瑠衣くんと帰った日のことで、何か言ってくるかと思ったのに。

何も言われなくてホッとしている反面、浬世にとってはどうでもいいのかな……なんて落ち込んで、矛盾(むじゅん)ばかり。

わたしが悩んでグルグルしているっていうのに、浬世は呑気に花火の入った袋をペリペリ開けてるし……。

「ねー、依茉」

ボーッとしていたせい。

思ったより近くに浬世が立っていて、バカみたいに動揺して2歩くらい後ろに下がった。

周りが暗いおかげで、顔がはっきり見えないのが救いかもしれない。

「っ、ち、近く……ない？」

「……暗くて距離感うまくはかれない」

そう言って、わたしの顔を下からすくいあげるように見てくる。

表情までは見えないけど、少なくともすごく近くで顔を見られているのはわかる。

「う、うまくはかってくれないと……困る」

「……別に依茉が困るようなことしないよ」

その言葉を聞いて、なんでかわかんないけど勝手に傷ついた。

うまく線を引かれたような気がしたから。

“幼なじみらしくないことはしない”……って。

それを望(のぞ)んでいたのは自分だったのに、いざ浬世にそういう態度をとられて傷つくなんて矛盾もいいところ。

言葉どおり浬世は、すぐにわたしから離れた。

なんともいえないもどかしさに襲われて、服の裾をギュッと握る。

「……なんか懐(なつ)かしいね」

「なに、が……？」

「依茉のお母さんも言ってたけど、小さい頃よく花火やってたじゃん」

「う、うん……。そうだね」

何気ない昔の記憶をたどるような会話。

「依茉がいつも両手に花火持ってブンブン振り回してたよね。思い出したら笑えてくるね」

「思い出さなくていいよ……」

変なところは覚えてるんだから。

「……だって、依茉いつもそれで走り回って俺のこと追いかけ回してたし」

昔を思い出すように話す浬世の声は、心なしか少しだけ楽しそう。

「浬世は……線香花火(せんこうはなび)すきだった、よね」

いつも周りが盛(も)り上がっている中、ひとりだけ隅(すみ)っこで線香花火をパチパチやっていたような。

「……儚(はかな)くてきれいだからね」

そう言いながら、線香花火が数本入った袋を取り出していた。

「……依茉もいい年なんだから、線香花火でいいんじゃない？」

ぜったいバカにしてる。

「もう振り回したりしないもん……」

「んじゃ、これ依茉の分ね」

渡された１本の線香花火。

他の花火と違って、振り回したらぜったい落ちそうだから、そっとその場にしゃがみ込んだ。

浬世も同じように、肩が触れるか触れないか……の距離でしゃがんだ。

「……ねー、依茉。勝負しよっか」

「勝負……？」

「花火が先に落ちたほうが負けってやつ」

「ま、負けたらどうなるの？」

「さあ……。どーなるんだろーね」

何それ。勝負の意味あるのって突っ込みたくなる。

普通は負けたほうが罰ゲームとかあるじゃん。

なのに「どーなるんだろーね」って、テキトーすぎ。

勝負する気なさそう。

なんて考えながら、お互いの線香花火をロウソクに近づける。

「わ、きれい……だね」

ポッと光が灯(とも)って、パチパチ小さくはじけるような。

けっして派手(はで)じゃないけれど、こうして近くで見ているとすごくきれい。

　小さい頃は、大きくて光がはっきりたくさん見える花火のほうが断然（だんぜん）きれいだと思っていたけれど。

「……線香花火も悪くないでしょ？」

「うん……」

　浬世の言うとおり、この小さくてきれいな光を見ているのも悪くなかったり。

　すぐに落ちるかと思ったけれど、意外とどちらもすぐには落ちない。

「けっこう長い時間もつんだね」

「……油断してるとすぐ落ちるよ」

　線香花火の光からスッと目線を外して、横目でバレない程度に浬世を見た。

　花火の光があるとはいえ、周りはほとんど真っ暗。

　何か会話でもしたほうがいいかな……と思ったけれど、何も浮かんでこない。

　そのまま目線を再び花火に戻したとき——。

　わたしの手に持っていた花火の光が、地面にポツッと落ちていった。

「あっ、わたしの——……」

　負け……って、続けようとした言葉が途中で切れた。

　花火の光が落ちた瞬間、浬世の大きな手がわたしの頬に触れて、少し強引に横を向かされたと思ったら。

　何も言わずに——唇がそっと重なった。

　一瞬、何が起こっているのか頭の中は真っ白。

でも、唇に触れている熱が……これはキスしてるんだって教えてくれる。

この感触……知ってる。

前にキスされたときと……まったく同じ。

暗くて見えないけれど、唇が重なってる。

触れたまま数秒……。

唇がわずかに動いて、やわく挟んでくる。

「ん……、り、せ……っ」

ずっと塞がれたままで、息をするタイミングを見失って苦しさで声が漏れる。

少しの抵抗として、浬世の身体を手で押し返すけど……。

その手は呆気（あっけ）なくつかまれて、ほぼ無抵抗。

壊れちゃうんじゃないかってくらい、心臓がバクバク音を立てる。

同時に身体の内側からどんどん熱くなって、体温がグーンッと急上昇……。

肝心の浬世は何も言ってくれない。

薄っすら目を開けるけど、あんまり表情は見えない。

嘘つき……。

さっきわたしが困るようなことしないって、言ったくせに……。

今ものすごく困ってるよ……。

幼なじみらしくするって……言ったのに。

こんなの、ちっとも幼なじみらしくない。

「……依茉」

「っ……」

あぁ、やだすごく悔しい。

キスされて名前を呼ばれたせいで、心臓がキュウッと縮まって、また熱が上がっていく。

複雑な気持ちが、どんどん交差していく。

なんでキスするの……。

わたしのこと、どう想ってるの……。

なんで、結菜ちゃんとの撮影のとき、わたしのこと呼んだの……。

この前、瑠衣くんとふたりで帰ったこと、どう思ってるの……。

いろんな気持ちが駆けめぐる中……。

最後に軽く音を立てて、ゆっくりと惜しむように唇が離れた。

「いま……何したの……っ」

少し乱れた息を整えながら聞くけど、浬世は何も言ってくれない。

「こんなの、幼なじみがすることじゃない……よ」

「……わかってる」

うそ、ぜったいわかってない。

「今だけ、幼なじみらしくないこと……した」

今だけって何それ……。

ずるいよ、そんなこと言うの……。

胸がギュッと苦しくなる。

「こんなの、間違ってる……っ」

　また黙り込んで。

　耐えられなくて、その場から立ち上がろうとしたら——。

「依茉は……」

　浬世がわたしの手首をつかんで、そのまま自分のほうに抱き寄せた。

　あっという間に浬世の体温に包まれて、甘い香りに心拍数が上がっていく。

「……俺が他の子と仕事してるの見てどう思った？」

　核心をつくような質問。

　答えは２択。

　“なんとも思わなかった”もしくは、“嫌だった”。

　ぜったい的に気持ちは後者。

　でも“嫌だった”って伝えたところで、わたしたちの関係が何か変わるの……？

「ねぇ、依茉——」

「浬世は……っ」

　とっさに遮った。

　何も言うことを考えていなかったくせに。

「……なに？」

「浬世は……わたしが瑠衣くんとふたりで帰ったこと、どう思ってるの……？」

　自分はあえて答えず、質問を返した。

　答えはすぐに返ってこないと思った。

　だけど。

「……嫌だったよ」

暗くて顔は見えないけど、声色(こわいろ)からしてほんとに嫌だって、拗ねているような。

「……依茉の特別は俺だけじゃないの」

サイドを流れる髪をクシャッとして、耳にゆっくりかけながら……。

「瑠衣なんかに渡さないよ」

また——唇が触れた。

交わらないキス。

朝……アラームが鳴る前に目が覚めた。
ゆっくり目を開けて、たしかにひとりで眠っていることを確認した。
いつもなら浬世と一緒に眠っているはずだけど、ここ最近はずっとひとり。
花火をした先週の夜から……。
あれから浬世は、キスのあと何も言ってくれなかった。
だから、わたしも何も言えなくて。
その日の夜は、お互い自分の部屋に戻って、そのまま眠りについた。
あれから１週間。
わたしがわかりやすく避(さ)けたから、浬世が部屋に来ることはなくなった。
顔を合わせることもないし、当然会話もない。
こんなの初めて……。
ケンカして口をきかなかったことはあったけど、それでも気づいたら元通りになっていたのに。
今回は……自然に戻ることが難しいような気がする。

学校に着いてから午前の授業はあっという間に終わり、お昼休みの時間。
ほんとなら未来ちゃんとお昼を食べるはずだったのに、

担任の先生に職員室に呼ばれてしまった。
　ただでさえ、こっちは気分がどんよりしてるっていうのに呼び出しなんてついてない。
　お昼を食べる時間がなくなったらどうしてくれるの……なんて思いながら職員室へ。
　用件はたいしたことじゃなくて、5分くらいで終わった。
　これなら急いで教室に戻ったら、お昼を食べる時間あるかな……と思って職員室を出たとき。
「え……あっ」
　廊下に出ると、思わぬ人物がこっちに向かって歩いてくるのが見えた。
　相手との距離、表情が見えるくらい。
　ここで何も声をかけずに無視するのも不自然だし。
　かといって、どう声をかけたらいいのかもわからなくて。
　向こうもわたしがいることに気づいて、わたしの前でピタリと足を止めた。
「……久しぶりだね、依茉ちゃん」
　瑠衣くん……だ。
「お久しぶり……です」
　不自然に敬語が出てしまった。
「あれ、なんか敬語になっちゃったね」
「うっ、ごめんなさい……」
　瑠衣くんとは涅世の撮影で一緒に帰った日以来、顔を合わせていない。
　まさかこんなところで会うなんて。

「依茉ちゃんって、ほんとわかりやすいね。そんなあからさまに気まずそうにされるとね」
瑠衣くんはいつもと変わらないような。
でも、なんだか顔色が悪いような……気のせい、かな。
わたしを見ながら、ははっと軽く笑っているけど、無理しているみたい。
しかも、身体がフラフラしているような。
「あの、瑠衣くん……？」
「……ん？」
ほら反応も鈍いし。
「もしかして、体調悪い……？」
「……ん、ちょっとね。身体だるいし起きてるのもつらいから、保健室に行こうかと思って」
や、やっぱり。それで顔色が良くなかったんだ。
「だ、大丈夫？　もし熱あるなら、すぐに保健室に行かないと」
「……そうだね」
どうしよう。
こんなに体調悪そうにしている瑠衣くんを放っておくのは気が引けるし。
でも、この前のことがあってから、瑠衣くんとふたりでいるのは気まずいし……。
頭の中でいろいろ考えていたら、目の前が大きな影で覆われた。
パッと顔を上げたと同時──瑠衣くんが、わたしの頬を両手で包み込んだ。
「る、瑠衣くん……？」
　触れてくる手がとても熱い。
　熱のせいか、いつもより頬が紅潮(こうちょう)してるし、瞳もどこかボーッとしている。
「あ、えっと、手……熱い……ね」
「……そうだね。熱あるのかな」
「う、ん……たぶん」
　そのまま、瑠衣くんの身体がグラッとふらついて、わたしのほうに倒れてきた。
「えっ、わっ……」
　瑠衣くんの甘い香水の匂い、ブラウス越しに感じる体温。
　目の前に映る瑠衣くんのネクタイ。
「……ごめんね、わざとじゃないんだけど……。クラクラきちゃって」
　耳のそばで聞こえる呼吸は、苦しそうで浅い。
　きっと、身体もすごくだるいだろうから、ひとりで保健室に行くのは無理そう。
「あの、よかったら保健室まで付き添(そ)いで行く……よ」
　さすがに、フラフラの病人を放っておくわけにはいかないし。

「養護教諭(ようごきょうゆ)の先生いないのかな……」
　保健室の中は誰もいなかった。
　とりあえずベッドがある奥のほうへ。

瑠衣くんは、ひとりで歩くのもつらそうだったので、わたしが支(ささ)えてここまで来た。

「……ごめんね、迷惑かけちゃって」

「ううん、大丈夫だよ」

瑠衣くんがゆっくりベッドに座って、ギシッと軋む音がした。

とりあえず熱を測(はか)らないとだよね。

体温計がしまってありそうなところを、片っ端から探してみる。

あっ、それから冷やすものもあったほうがいいかな。

気休め程度にタオルを濡らして、瑠衣くんがいるベッドのほうへ。

「えっと、とりあえずこれ体温計」

「ん……ありがとう」

ベッドに両手をついて、しんどそう。

熱を測るためにネクタイをゆるめて、ブラウスのボタンを上から外して。

なんだか、見ちゃいけないものを見ているような感じがして……いたたまれない。

別に意識しているわけじゃないけど、熱っぽいせいで余計に色っぽく見えるというか。

瑠衣くんのほうを見ないように、パッと背を向けた。

そのままいったんベッドから離れようと、そばにある薄いカーテンに手を伸ばしたら……。

「……どこいくの？」

耳元で聞こえる声。

真後ろに感じる気配。

「え、えっと……熱、測るのに邪魔かな……と」

「……邪魔じゃないよ」

振り返ってみた。

そしたら、乱れた制服姿の瑠衣くんがいて、ものすごく目のやり場に困ることになってる。

「る、瑠衣くん……。ブラウス……はだけてる、よ」

意識がボーッとしてるのか、わたしの声があまり聞こえていないみたいで。

「……依茉ちゃん」

名前を呼ばれて、腕を引かれて。

気づいたらベッドの上。

強く引かれた力に逆らえないわたしは、ベッドに片膝をついて。

少し上からわたしが見下ろすような体勢。

後ろに引こうにも、瑠衣くんの長い腕が腰にあるせいで引けない。

「熱……あるみたい」

瑠衣くんの色っぽい表情が、間近に飛び込んでくる。

な、何これ。どうしてこうなってるの……。

とっても危険すぎる距離。

熱のせいかわからないけれど、瑠衣くんが危ない瞳をしてる。

「るい、くん……？」

　名前を呼んだら、表情を変えずにわたしの頬に触れて。
　親指がゆっくり唇をなぞってくる。
「……どうしようね。何もかも熱のせいにしたら許してもらえるのかな」
「……？」
　これ以上近くなるのはダメだと思って、瑠衣くんの肩に両手を置いて身体を離したら。
「きゃっ……」
　腰に回っていた腕に力が込められて、うまくバランスが取れずに、身体ぜんぶが瑠衣くんのほうへ倒れる。
「今だけ……こうさせて」
　ギュッと抱きしめて、ものすごく密着してる。
　浬世以外の男の子に、こんな距離で触れられて抱きしめられたことなんてない。
　瑠衣くんはわたしの身体に抱きついたまま、顔を埋めているから。
　……ぜ、ぜったい心臓の音、聞かれちゃってる。
　この状況で平静(へいせい)でいられるほど、男の子に免疫(めんえき)ないし、慣れてないし。
　これでドキドキしない人なんていないと思う。
　もしいたら連れてきてほしいくらい……。
　……って、今はそんなことどうでもよくて。
「心臓の音……すごいね」
「ぅ……」
　埋めていた顔をパッと上げて、軽く笑っている。

「……浬世にもそんな可愛い顔、見せてるの？」
いつもの優しくて紳士的な瑠衣くんじゃない。
このまま流されたらまずいって、頭の中で警告音がうるさいくらい鳴ってる。
「……抵抗しないと何するかわかんないよ」
ベッドのそばにある大きな窓が少し開いていたから、そこから風が吹き込んで髪をふわっと揺らした。
「瑠衣くん……いつもと違う……よ」
「……熱のせいだね」
「こんなところ、誰かに見られたら……」
事情を知らない人が、こんなふうに抱き合っているところを見たら、付き合ってるとか、そういう関係だって勘違いされちゃうから。
「浬世に見られたらまずいね」
「そんなこと、ないよ……」
「どうして？」
「わかんない、けど……」
「わかんないの？」
ただコクリとうなずくだけ。
だって、ほんとにわかんないもん……。
瑠衣くんに嫉妬したり、独占欲はあるくせに。
抱きしめて、キスだってしてくるのに――わたしのことを好きだって言ってくれない。
幼なじみって関係に縛られてばかり……。
「……いま浬世のこと考えてた？」

「な、んで……」

「前から言ってるけど、依茉ちゃんってわかりやすいよ。浬世のことになると普段見せない顔するから」

　そんなわかりやすく出てるんだ。

　自覚がないから困る。

　何も言葉が返せなかった直後。

　保健室の扉がガラガラッと開く音が、少し遠くから聞こえた。

　そして数秒後。

「誰かいるのかしら？」

　養護教諭の野田（のだ）先生のきれいな声が聞こえて、とっさに目の前の身体を押し返して、ベッドから降りた。

「あら、どうしたの？」

　薄いカーテンがサッと開けられて間一髪（かんいっぱつ）、近くにあった椅子（いす）に座れた。

　あ、危なかった。

　あと１秒くらい遅かったら、まずいところを見られていたかも。

「えっと……間宮くん、体調悪いみたいで。わたしは付き添い……です。熱あると思うので、あとはお願いします」

　瑠衣くんの顔は見ずに早口で野田先生に告げて、椅子から立ち上がり保健室を飛び出した。

　さっきまでの出来事を忘れるために頭を横に振って、教室に戻ろうとしたら、お昼休み終了のチャイムが鳴った。

　あぁ、最悪……。

お昼は食べられなかったし、５時間目の授業は始まっちゃったし……。

「はぁ……」

どうせ授業には間に合わないから、少し気持ちを落ち着かせよう……。

６時間目から参加することにして、ひとりで屋上へと向かった。

あれから午後の授業に１時間だけ参加した。

教室に戻ったら、未来ちゃんが「何かあった？　依茉が授業サボるなんて珍しいじゃん」と、心配してくれた。

話すといろいろややこしいし、時間もなかったから、とりあえず「何もなかったよ」って答えた。

未来ちゃんは少し納得していなさそうだったけど、それ以上は何も聞いてこなかった。

学校を出て、ひとりぼんやり歩いてマンションへ。

お昼にあった瑠衣くんとの出来事が、なかなか頭から離れない。

いくら熱があったとはいえ、いつもよりずっと積極的だった瑠衣くん。

もし、あのまま先生が来なかったら……と、一瞬そんなことを考えて、気づいたらマンションのエントランスに着いていた。

エレベーターに乗り込んで、目的の階のボタンを押して。

何も考えずに自分の部屋に向かったら。

「……え」

目の前にありえない光景。

何がありえないって、だってまさかこんなところにいるなんて、思ってもいなかったから。

わたしの部屋の扉の前に……顔を伏せてしゃがみ込んでいる。

思わず声が漏れたと同時――伏せていた顔がゆっくり上げられた。

「なんで……浬世が」

わたしの問いかけは完全に無視で、浬世がゆっくりと立ち上がった。

心なしか、いつもより表情も瞳も冷たいように感じる。

そして、少し乱暴にわたしの手首をグッとつかんだ。

「りせ……？」

わたしの弱々(よわよわ)しい声なんて届かなくて。

それをかき消すように、浬世の部屋に連れていかれて扉がバタンッと閉まった。

なんで、いきなり部屋に連れ込むの？

何も言ってくれないから困る。

ただ、なんとなくわかるのは、浬世の機嫌があんまり良くないってこと。

「りせ……ってば。なんで何も言ってくれないの……？どうかしたの……？」

ずっと黙ったまま。

ただ、つかまれている手首に、さらに力がこめられた。

「い、痛い……よ」

いつもなら、こんな乱暴なことしないのに。

わたしが避けていたことに対して怒ってるの……？

これしか理由が思いつかない。

だから、それを思いきって聞こうとしたのに。

「……っ」

聞けなかった。

だって、浬世が──何も言わずに唇を塞いだから。

また、そうやってキスだけして……。

肝心の気持ちは教えてくれない……っ。

こんなキス、されても気持ちがもっとぐちゃぐちゃになっていくだけ。

「り……せ……っ」

途切(とぎ)れ途切れに呼んでも全然聞いてくれない。

むしろ、呼ばせないように、もっともっとキスが深くなっていく。

反射的に浬世の制服のブラウスをギュッとつかんだら、その上に手を重ねてきて。

「……んっ、や……っ」

逃げるために顔を横に向けようとしたら、空いている片方の手が頬に触れて逃がしてくれない。

息が苦しくて、酸素を求めてわずかに口を開けると、もっとこじ開けるように舌が入り込んできた。

「……ぅ……っ、ぁ……」

やだ、ほんとにやだ。

　気持ちがわからないままのキスなんて……。
　なのに……甘すぎて身体が抵抗できない。
　どんどん力が抜けて、されるがまま。
「依茉……キス、応えて」
「や……っ」
　唇が触れ合ったまま目が合う。
　顔からブワッと火が出そうな勢いで恥ずかしい。
「……応えてくれないなら、俺の好きなようにするよ」
　一瞬、唇を離して言ったかと思ったら、また塞がれて。
「んん……ふっ……」
　声を我慢しようとすればするほど、我慢できない。
　これが……気持ちの通じ合ってるキスだったらいいのに……。
　そんなことを考えたら、ドッと虚(むな)しさに襲われた。
　わたしは……浬世の特別にはなれないの……？
　ずっとこんな関係のまま、苦しい気持ちを抱えたままなの……？
　こんなこと思うの、これで何度目？
　キスなんかでごまかさないで……。
　胸のモヤモヤが最大まで膨(ふく)れ上がって、すべてを吐(は)き出しそうで止められなくなりそう……。
「やめ……て……っ」
　限界を迎えて、視界が涙でゆらゆら揺れる。
　瞳からこぼれた涙が目尻(めじり)から流れ落ちていく。
　それに気づいて、スッと唇を離した。

　そのまま浬世の指先が目元に近づいてきて、涙を拭（ぬぐ）ってくれる。
　溢れてくる涙のせいで、視界がクリアにならない。
　何もかも、ついていけない。
　キャパオーバーどころじゃない、パンクしそうなくらい。
　それにさらに追い討ちをかけるように。
「……俺より瑠衣のほうがよくなった？」
「なん……で」
「……保健室」
　そのワードを聞いて、嫌でも今日の瑠衣くんとの出来事が思い浮かぶ。
「……瑠衣とベッドで抱き合ってるところ、外の窓から見えてた」
「っ……」
「それに……少し前に瑠衣とふたりで出かけたことも知ってる。帰ってきた依茉から瑠衣の香水の匂いしたから」
　心当たりがあるのは、放課後に一度だけ瑠衣くんと出かけたときのこと。
　そういえば浬世は何も言わなかったけれど、いつもと態度が違っていたような気がして。
　ぜんぶ……わかっていたんだ。
「……依茉の特別は瑠衣なの？」
　ちがう……ちがうよ。
　昔からずっと変わらず浬世だけ。
　素直に口にしたいのに、浬世の曖昧（あいまい）な態度と、"恋愛禁止"

というワードが引っかかるせいで、声になって出てこない。
「……黙るってことは俺より瑠衣がいいんだね」
　それを言うなら浬世だって……。
「だったら……浬世はなんで、キスするの……っ」
「……」
　何も答えてくれない。
　やっぱり、いつまでも浬世の気持ちはわからないまま。
　ただ唇に残る感触がいまだに消えないから――自分の手で何度も唇をこする。
「……そんなことしたら唇きれるよ」
　やめさせるために浬世がわたしの手首をつかんでくるけど、力を込めて抵抗してみる。
「いい、別にいいもん……っ」
「……よくないって。やめなかったら無理やり塞ぐよ」
　そんなこと言うのずるい……。
　力じゃかなわない。
「もう、いい……っ、離して」
「……なんで」
「今は浬世と一緒にいたくない……っ。こんなキスされたくなかった……っ」
　ここで感情的になるのは、わたしがずっとずっと子どもだからかもしれない。
「浬世のこと、もうよくわかんない……っ」
「……」
「幼なじみなら、こんなことしないで……」

「……違う」

　何が違うの……っ？

　その先の言葉が伝えられることはなくて。

　この場にいるのが耐えられなくて、目の前の身体を押し返して——後ろを振り返ることなく部屋を出た。

第4章

浬世のほんとの気持ち。

「はぁぁぁ、こじれてるの何度目ですか依茉さん？」
「うぅ、ごめんなさい……」
　放課後。
　未来ちゃんと教室に残って定期的な相談会。
「依茉と神崎くん見てるこっちからしたら、ものすごーくじれったいんですけどー？」
「わたしもここまでこじれるとは思ってなくて……」
「何も言わずにキスした神崎くんも悪いけど、素直に気持ち伝えられない依茉も悪いよ」
　こんなふうに未来ちゃんから、お叱りを受けるのは何度目だろ。
　ずっと幼なじみとして浬世のそばにいたのに、もう今はそれすらもできなくなった。
「それに、もうすぐ依茉の誕生日じゃん。毎年たしか神崎くんとお祝いしてるんでしょ？」
「……うん」
　気づいたら10月に入っていた。
　あと１週間ほどでわたしの誕生日。
　毎年お互いの誕生日は一緒に過ごしているけど、今年は無理……かな。
「ねぇねぇ～今月のこれ見た!?」
「あぁ、見た～！　浬世くんと結菜ちゃんの表紙のやつでしょ!!」
　最近、クラスの話題はこればかり。
　チラッと女の子たちのほうを見たら、少し前に浬世と結菜ちゃんが撮影していた表紙の雑誌が、机の上に置かれていた。
「ふたりとも美男美女でお似合いだよね～！　なんか付き合ってるとかいう噂も聞いたことあるし！」
「えぇ、ほんとに!?　でもお似合いだから何も言えないよねぇ～」
　はぁ……。この話題を聞くたびに、ため息が漏れそうになるのをグッと抑える。
　浬世も結菜ちゃんも、若い子たちに人気があって注目されているから、騒がれるのは仕方ないけど。
「依茉ってば、あからさまに落ち込むじゃん」
　どうやら、わたしが聞いていた会話は、未来ちゃんの耳にも入っていたみたい。
「うぅ、だって……」
「そんなにヤキモチ焼(や)くほど好きなくせに、なんでなかなか好きって言えないのかねー」
　やれやれと呆(あき)れ気味(ぎみ)。
「じれったすぎるから、わたしが依茉の代わりに神崎くんに好きって伝えたくなるわ」
「やめてやめて……」
　未来ちゃんと少し話したあと解散。
　ひとりで何も考えずに、ボーッと歩いて門を出ようとしたら。

「あー、依茉ちゃん。久しぶりだねー」

「え……、あっ、お久しぶりです」

なんとびっくり。

門を出たところに田城さんがいた。

こうして田城さんと会うのは、浬世が結菜ちゃんと撮影をした日以来。

車を停めているってことは、浬世を迎えに来て待っているところ……かな。

だったら、わたしは早く帰ろう……と、思っていたんだけど。

「ずっとここで待機(たいき)してたんだけど、依茉ちゃん全然出てこないから、帰っちゃったかと思ったよー」

「え……？　浬世のこと待ってたんじゃ……」

「今日はね、依茉ちゃんに用事があるんだ。今から少し時間あるかな？　浬世のことで話したいことがあってさ」

「えっと、何かあったんですか……？」

「んー。まあ、ここで話すのもあれだし、長くなるだろうからさー？　カフェでお茶しながら話さない？」

いったいなんだろう……気にならないって言ったら嘘になる。

「俺からどうしても依茉ちゃんに話したくてさ。浬世には言うなって口止めされてるんだけど。気にならない？」

結局断れず……。

田城さんの車に乗せてもらい、このへんで有名なカフェで話をすることに。
「ささー、遠慮しないで好きなものなんでも頼んでいいからね？」
「あ、ありがとうございます」
「とりあえずパフェでも食べる？」
　メニューに大きくのっている桃のパフェ。
　そういえば、クラスの女の子たちがみんな揃いも揃って、ここのパフェの写真をSNSに載せていたっけ。
「あ、えっと、アイスティーで大丈夫です」
「そっか。じゃあ、俺はコーヒーにしようかな」
　よく考えたら、田城さんとふたりで話すのは初めてかもしれない。
　いつも浬世が一緒のときしか会わないし。
「……」
「……」
　謎の沈黙。
　しばらくして注文した飲み物が運ばれてきた。
「じつはさ、依茉ちゃんに相談と報告なんだけどね」
「は、はぁ……」
　ようやく田城さんが話し出した。
「最近の浬世さ、撮影でヘマしてばっかりなんだよね。どうしたらいいかなー？」
「んえ？」
　いや、突然すぎて。
　わたしに聞かれても。

「カメラ向けても常に死んだ顔してるから、俺もカメラマンさんもスタッフも困っちゃってね」

浬世はいつも撮影やだとか文句は言うけど、仕事だからって、きちんと切り替えていたのに。

「浬世の調子が悪いときは、だいたい依茉ちゃんが関わってるからさ。ケンカでもした？」

ケンカ……って言えるのかな。

だって、「ごめんね」って謝ったとしても、もとに戻るような気がしないから。

田城さんの問いかけに首を横に振った。

「そっかー。てっきり依茉ちゃんに振られて落ち込んでるのかと思ったよ」

「え？　いやいや、そもそも浬世はわたしのことなんて幼なじみとしか見てなくて……」

否定したら、田城さんが目を見開いてびっくりしてる。

いや、キミなに言ってんの？って顔に書いてある。

「はぁ、そっかそっか。んじゃ、依茉ちゃんに面白い話を聞かせてあげよっか」

「面白い話……ですか？」

「そうそう。浬世がモデルを始めたきっかけ」

きっかけ……って。

田城さんがスカウトして、浬世がそれを受けたっていうだけじゃ。

「依茉ちゃんは知らないでしょ？　浬世には言うなって口止めされてるけど、せっかくだから教えてあげるよ」

　そう言って、田城さんが少し昔の話を始めた。
　話は浬世が中学２年生のときまで遡る。
「その当時の浬世はさ、スカウトの声かけても見事に興味なさそうでさ。30分くらいモデルの世界の魅力とか伝えても、まったく関心ゼロで」
　あれ……。でもたしか、浬世がモデルを始めたのは中学３年生になってからじゃ。
　それに、当時の浬世がそんなにモデルに対して興味関心ゼロの状態だったなんて、知らなかった。
　てっきり、声をかけられたからなんとなくやってみる、くらいの感覚だと思っていたのに。
「何度も説得してみたけど、まったくやる気なくてさ。その日は仕方なく俺の名刺だけ渡して、少しでも興味が湧いたらすぐ電話してほしいって伝えたんだよ」
　それから半年以上が過ぎても、浬世が田城さんに連絡をすることはなかったそう。
　だから、田城さんも諦めかけていたとき。
「いきなり浬世から電話かかってきてさ。モデルやりたいって。びっくりしたよ、何ヶ月も連絡してこなくて突然だったからさ」
「……」
「あんなにやる気なかった子が、何をきっかけにこの世界に興味を持ったのか気になってね」
　それからすぐに浬世と田城さんが会うことになって、どうして今まで興味なかったモデルになろうとしたのか理由を聞いたそう。

　わたしも気になる……かも。

　だって、わたしにモデルやるって言い出したのも突然だったし。

「好きな子──幼なじみを振り向かすため……だって」

「え……？」

　ぜったい今わたし間抜けな顔してる。

　だって、好きな子って、幼なじみって……。

「いや、俺もびっくりしてさ。あれだけ断固として拒否してたのに、好きな子のためならなんだってやるって言い出したから」

「なんで、そんなこと……っ」

「浬世が言ってたんだよ。幼なじみのタイプが今の自分と正反対で、モデルやってるかっこいい人がいいって言うからって」

　……わたしが素直になれずに言ってしまったこと。

　でもそれはぜんぶ、浬世に対する好きだって気持ちを隠すためだけに並べたものだったのに。

　たった今、気づいた……。

　わたしが素直になれずに言ったことを、浬世が見事にすべて当てはまるよう実行していたことに。

　浬世がモデルをやり始めたきっかけは……わたしだったんだ。

「最初その理由を聞いて驚いたよ。あんなにやる気がなかった浬世をここまで動かした、その幼なじみって何者なんだってね」

田城さんも、その理由だけでこの世界でやっていけるか最初はすごく心配していたらしい。

「理由が理由だったから正直、俺も迷ったところもあってさ。モデルの世界に興味が湧いたとかじゃなかったし。その場合すぐに飽(あ)きる可能性もあるし、この世界はそんな甘くないしさ」

でも結局、田城さんは浬世の本気を信じてみることに。

最初は期待半分だったらしいけど、浬世は田城さんが期待していた以上で、数ヶ月足らずで表紙まで飾るようになって。

今では若い世代に大人気のモデルになって。

「まあ、今話してのとおりなんだけどさ。アイツ……浬世は昔から依茉ちゃんひと筋だよ」

「っ……」

「浬世いつも言ってるんだよ。好きな子……依茉ちゃんのためなら、なんだってやれるって」

さらに、ははっと笑いながら「好きな子のためだけにこの世界に飛び込むって、浬世って案外単純なタイプだったりするかもね」なんて。

「依茉ちゃんしか眼中にないから、モデルの仕事を始めてからも、女の子のモデルとの撮影はぜったい引き受けたがらなくてさ」

たしかに、そのことは知ってるけど。

でも、この前……結菜ちゃんとの撮影は受けてた。

おまけに、その撮影のときにわたしをスタジオに呼んだ。

それを田城さんに言ったら、急に両手を目の前でパチンッと合わせて、すごく困った顔をして謝ってきた。

「あれはほんとにごめん……！　じつは俺が余計なこと言ったのが原因でさ」

「余計なこと……？」

「いや、その……依茉ちゃんがなかなか振り向いてくれないなら、嫉妬させればいいじゃんって、俺が軽いノリで言ったらアイツ本気にしちゃって」

「それで、結菜ちゃんとの仕事を受けたってこと……ですか？」

「そうなるね。ごめんね、まさか本気にするとは思ってなくてさ。おまけに依茉ちゃんのことスタジオに呼んでるし」

わたしにヤキモチを焼かせるためだったってこと……？

何それ、すごくわかりにくいよバカ……っ。

でも、いろんなこと含めたら、おあいこになるのかな。

「まあ、今話したことは浬世には内緒ってことで。アイツ普段やる気ないけど、依茉ちゃんのことは誰よりも特別に思ってるし。かなり一途(いちず)でしょ？」

「……」

「お互いうまく気持ち伝え合えてないなら、後悔しないうちにきちんと伝えたほうがいいと思うよ」

もう後悔なんてたくさんしてる。

何度も浬世が踏み込んできても、逃げていたのはわたしだから。

「どちらかが素直にならないとね」

素直になるって、すごく難しい。

でも、ちゃんと……伝えなきゃいけない。

あっ……まって。そういえば、肝心なことを忘れてるような気がする。

「あの……ひとつ聞いてもいいですか？」

「ん？　俺で答えられることであればどうぞ？」

「えっと、浬世は恋愛禁止なんじゃないんですか……？」

今ここで話している感じだと、禁止どころか、むしろ背中を押してくれているみたいだし。

でも、前にたしか田城さんが浬世に恋愛禁止って言っていたから。

「それは浬世から聞いた？」

「いえ……。浬世がモデルになったばかりの頃、偶然田城さんと浬世の会話を聞いちゃって……」

「あー……なるほどね。いや、それはね間違いなんだよ」

「間違い……？」

「いや、うーん……間違いではないか」

田城さんがさっきから眉(まゆ)をひそめて、なんて説明したらいいのかなって悩んでる。

「たしかに、浬世にはこの世界で仕事をする限り恋愛は禁止って言ったのは事実なんだよね。ただ、これは事務所の社長の方針でさ。俺は本気の恋愛ならしてもいいんじゃないかって思ってるからさ」

田城さんは、そのまま話し続ける。

「それに、浬世がモデルになるきっかけを作ったのは依茉ちゃんだし？　そこまで強く想ってる子を好きになるの禁止なんて、いくらなんでも可哀想じゃん。高校生なんだから、恋愛くらい好きにさせてやりたいなーって俺は思うんだよね」

　でも、それはあくまで田城さんの考え方で。

　事務所の社長さんは、いまだに恋愛に関してはあまり賛成していないみたい。

「まあ、浬世もなんだかんだ社長には世話になってるから。とりあえず言うこと聞くしかないって感じで、依茉ちゃんになかなか自分の気持ちを言えなかったんじゃないかなー」

　そんな事情があったなんて、知らなかったよ。

　だって、浬世は何ひとつ言わなかったから。

　浬世がいつも肝心なところで気持ちを言わずに濁(にご)していたのは、これが理由だったんだ。

　だとしたら、素直になれなくて、ひとりで強がっていたわたしがぜんぶいけなかったんだ。

「依茉ちゃんに好きって言わずに、幼なじみとしてそばにいるなら社長も何も言えないからさー。だから、浬世も苦しかったと思うよ。好きだけど伝えられないもどかしさもあっただろうし」

「……っ」

「まあ、事務所としてはいつもの浬世に戻ってくれないと困るからさー。社長も頭抱えちゃってるんだよ。浬世があまりに絶不調だから」

　ここでまた、わたしが想いを伝えなかったら……前と同じ繰り返しになる。

「もし、依茉ちゃんが浬世と同じ気持ちでいてくれてるなら、それ伝えてやってよ。アイツには依茉ちゃんの存在が必要不可欠だから」

　わたしはいつも逃げてばかり。

　でも、今回は逃げちゃダメなんだ。

　素直にきちんと自分の気持ちを浬世にぶつけないと——。

幼なじみじゃ、いやだ。

　田城さんと話をしてから数日後。
　気づけば明日はわたしの誕生日。
　あれから浬世と話せる機会がなくて、顔を合わせることもないまま。
　時間だけがズルズル過ぎていく。
　今年の誕生日は日曜日で、学校がないから未来ちゃんが１日早くお祝いしてくれることに。
「少し早いけど、ハッピーバースデー！」
「わぁ、ありがとうっ」
　オシャレなカフェを予約してくれて、小さなホールケーキまで用意してくれた。
　おまけにプレゼントまで。
「プレゼント何にしようか迷ったんだけどね〜。今年はこれだ！と思ったやつがあったわけよ〜」
「あ、開けてもいい？」
　有名なコスメブランドの紙袋。
　何かなぁって、ワクワク気分。
　小さな箱に入っていて中身を取り出してみた。
「わぁ、リップだっ」
「それ新作なんだって〜。可愛らしいピンクだったから、依茉に似合うと思って〜」
「うぅ、ありがとうっ。すごくうれしい！」

こんなに可愛いリップ持ってないから。

化粧品（けしょうひん）に興味がなさすぎて、いつも薬局（やっきょく）で売っているリップを塗（ぬ）ってるくらいだし。

「それで可愛くして、明日神崎くんとちゃんと向き合ってきたらどう？」

「……でも、浬世の予定わかんないし」

「ほら、ウジウジしない！　神崎くんのマネージャーさんにいろいろ聞いたんでしょ！　それで素直になるって決めたのは依茉じゃん！」

「そ、そうだけど……」

いざ、浬世に自分の気持ちを伝えようって決意してみたものの……。

どうやって、どのタイミングで言ったらいいのやら。

「ぜったい神崎くんは依茉の誕生日覚えてると思うから、予定聞かなくても空けてそうだけど」

「休みの日だから撮影とかあるかもだし……」

「だから〜、気になるなら連絡取ればいいじゃん」

だって、わたしのほうから距離を置いてるし。

いきなり明日空いてる？なんて聞けるほど、わたしのメンタル強くないもん……。

「聞けないから明日……浬世の部屋に行ってみる」

「おっ、いいじゃんいいじゃん！　依茉が自分から行動しようとしてる！　えらい！」

未来ちゃんが頭をよしよし撫でてくれた。

「また報告待ってるよ。話ならいつでも聞くから！」

「うぅ、いつもありがとうっ」
　こうして、この日は未来ちゃんと過ごした。

　そしてその日の夜。
　ちゃんと浬世と向き合うんだって、気合いだけは充分。
　ほんの数日前の自分からしたら、想像できないと思う。
　浬世に気持ちを伝えるなんて。
　でも浬世は、わたしのことをいつもいちばんに大切にしてくれているから……。
　今度はわたしが伝えなきゃ……。
　今まで逃げてばかりだったから。
　ただ、いざ浬世を目の前にしたら、ちゃんと伝えられるか不安だけど。
　なんだかそわそわしちゃって、早く寝なきゃ……と思いながらも全然眠れない。
　というか、今からドキドキしてきた……。
　明日ちゃんと早く起きて、いつもより可愛くして、未来ちゃんからもらった可愛いリップを塗って。
　──そんなことを考えていたら、徐々に眠気に襲われて意識を手放した。

「ん……」
　スマホのアラームが鳴る前に目が覚めた。
　ぼんやりする意識の中、とりあえず今が何時なのか確認するために、右手でスマホを探す。

「ん……あれ、どこ……？」

まだ目がショボショボしているせいで、はっきり目が開いてないから手探り状態。

たしか枕元に置いたはずなのに。

何度か手を動かして、ようやく見つかった。

画面をタップして確認したら、まだ朝の5時。

起きるには早い……かな。

目に入ってくるスマホの光が、まぶしくて目を細める。

スマホの画面の通知欄には、日付を越えてからお祝いのメッセージが何件か届いていた。

その中で、勝手に期待してた。

もしかしたら、浬世も連絡くれてるかも……なんて。

スクロールするけど、浬世の名前はなくて寝起きから早速落ち込んだ。

そのままスマホをベッドに放り投げて、再び目を閉じようと左手で目元を覆ったとき——。

手首に……見覚えのないブレスレット。

えっ、えっ……何これ。

昨日の夜までは、このブレスレットはなかったはず。

一瞬、寝ぼけて見間違えているのかと思ったけど。

もう一度、さっき放り投げたスマホを探して、明かりを左手首に向ける。

「……うそっ、なんで……」

ピンクゴールドのシンプルなデザインのブレスレット。

さっきまで眠かったはずなのに、今はパッと目が覚めて驚きばっかり。
　ど、どういうこと……っ？
　状況を整理したいけど、パニックを通り越してる。
　そのままベッドの横にあるサイドテーブルを見たら。
「な、何これ……っ」
　今日、何回驚いたらいいの……っ？
　こんなにたくさんサプライズが用意されてるなんて、知らなかったよ……っ。
　真っ赤なバラの大きい花束と、一緒に添えられたメッセージカード。
　『Happy Birthday』とシンプルに書かれたもの。
　こんなのできるの、ひとりしかいない……っ。
　わたしがあんなに避けていたのに。
　ちゃんと誕生日を覚えていてくれて、こんなに素敵なプレゼントを用意してくれたなんて……っ。
　寝てるときじゃなくて、ちゃんと顔を見たかったのに。
　それとも、わたしの顔を見たくないからプレゼントだけ置いていったの……？
　いろんな気持ちが込み上げてきて、ぜんぶ伝えずにはいられない。
　すぐに部屋を飛び出した。
　せっかく可愛くしてから会おうと思っていたのに。
　部屋着だし、寝起きだから髪の毛はボサボサだし、未来ちゃんからもらったリップは塗れてないし。
　でも……そんなのぜんぶいい。

早く——浬世に会いたい……。

合鍵を握りしめて、すぐ隣の部屋へ。

時間帯なんて気にしない。

ただ、浬世に会いたい気持ちだけが先に走って。

まだ寝てる……?

それとも、もう撮影に行っちゃった……?

早く顔が見たいよ、ちゃんとお礼が言いたいよ。

「浬世……っ」

寝室の扉を開けた瞬間、名前を呼んでいた。

そのままベッドのそばに近づいて。

「りせ、りせ……っ」

何度も名前を呼んで、まだ眠っている浬世の上に勢いで飛び乗ってしまった。

「……ん」

こんな朝からいきなり部屋に入ってきて、なんなのとか思われそう。

「浬世……ってば、起きて……っ」

「……は? なんで依茉がここにいんの……」

起きるように身体を揺すったら、眠っていた浬世が目を覚まして、目の前にいるわたしを見てびっくりしてる。

「うぅ、浬世ってば、浬世……っ」

「……うん、そんな何回も呼ばなくても聞こえてるから」

わたしを落ち着かせるためにギュッと抱きしめて、背中を優しく撫でてくれる。

「うっ、浬世、これ……っ」

「……ん？　なに？」

「ブレスレット……っ」

「うん、俺からの誕生日プレゼント」

「あと、お花もメッセージカードも……っ」

　言いたいことが、ぶつ切りでしか出てこない。

　もっと、ありがとうってちゃんと伝えたいのに……っ。

「……どーしたの。そんな泣きそうな顔して」

「うっ、だってだって……」

　すると浬世は一瞬だけ笑って、そのまま自分の身体とわたしの身体をベッドから起こした。

　お互い正面を向き合って、ベッドに座ったまま。

　そして、浬世がわたしの左手をスッと取った。

「ねぇ、依茉……？」

「な、なに？」

「男がさ……ブレスレット贈(おく)る意味知ってる？」

「へ……？」

　いきなり何を聞かれるのかと思ったら。

　とりあえず、何か理由というか意味があるみたいだから考えてみるけど、いまいちピンとこない。

　首を傾げてわかんないって顔をして浬世を見たら。

「……独占したいとか、束縛(そくばく)したいって意味があるんだよ」

　そんなの言われたら、もっともっと期待しちゃうじゃんか……っ。

「手錠(てじょう)みたいだね」

　なんて言いながら、手首にキスを落としてくる。

「……これで依茉の心も手に入ったらいいのにね」

「そんなこと言わないで……っ」

「……どうして？」

「期待しちゃう……から」

「何を……？」

　ほんとはね、ちゃんと好きって伝えるためにいろいろ考えてきたんだよ。

　でも、浬世を目の前にしたら、ぜんぶどこかいっちゃったよ。

「浬世が、わたしと同じ気持ちでいてくれてるんじゃないかって……」

「同じ気持ちって？」

「も、もし……違ってたら、立ち直れないような気がするの……」

「……うん」

　でも今は、気持ちが溢れてきて……止められそうにないから。

「わたしは……今も昔も──ずっとずっと浬世のことが好きなの……っ」

　あぁ……流れのままに言っちゃった。

　何年も胸の中にしまい込んでいた気持ち。

　いつも強がって、素直になれなくて、逃げてばかりで。

　やっと……やっと伝えられた。

　幼なじみなんかじゃない──わたしにとって浬世は、特別で他の子に取られたくない存在だから。

頑張って伝えたのに、なんでか浬世は無反応。

えっ……？　わたしちゃんと好きって言ったよね？

どうしよう、うまく伝わってなかったのかな。

慌てて浬世の顔を見て、再度伝えようかと思ったら。

「……きゃっ」

いきなり抱きしめられた。

それはもう、すごく強い力で。

でも、大切なものを包み込むみたいに優しい。

「……もっかい」

「え？」

「もっかい言って」

「え、あ……えっと、浬世が好き……だよ」

「うん、もういっかい」

「好き……好きだよ……っ」

「うん、もういっかい」

えっ、えっ……!?

これ何回言わされるの……!?

「好きだよ……っ」

「……うん、俺も依茉のこと好き」

ん……？　あれ……？

今さらっと何か言われたような。

「え、えっ……今なんて？」

「……もっかい聞きたい？」

「う、うん。もういっかい」

あれ、このやり取りこれで何回目？

しかも今度は逆転してるし。
「……俺も、ずっと依茉のことが好きだよ」
「へ……っ、うそ……っ」
「ほんとだよ。依茉しか眼中になかったのに」
あれ、想いを伝え合うのって、こんなあっさりしてるものなの？
今まで散々こじれて、うまく交わらなくて、すれ違ってばかりだったのに。
「うぇ……っ？ す、好きって言った……？」
「うん、依茉のこと好き」
「うぇぇ……うそぉ……っ」
「ほんとだって。このやり取り何回すんの」
「え、えっ……それって幼なじみとしてじゃなくて……？ そ、それに田城さんから聞いたけど、事務所の社長の方針で恋愛禁止なんじゃないの……っ？」
「うん。でも、もう我慢できないし。依茉と付き合えないくらいだったらモデルやめるって宣言してきたし」
「えぇ、うそ……っ。えぇ……っ？」
慌ててパニックになっているわたしと、割と落ち着いて冷静な浬世。
なんで、こんな温度差があるの……っ！
というか、今までずっと続けてきた仕事なのに、そんな簡単にやめる宣言しちゃっていいものなの……!?
「……落ち着きがないね、依茉ちゃん」
「だって、だって……んんっ」

あっさり塞がれちゃった唇。

その途端、さっきまで騒がしかったわたしは、どこかへいってしまって。

「……んっ」

「ふっ……キスしたらおとなしくなったね」

最後にチュッとわざとらしく音を立てて、唇を少しだけ吸われた。

「うっ……ご、ごまかさないで……っ」

「ごまかしてないよ。ってか、お互い好き同士なんだから何してもいいじゃん」

「え、えっと……それって、もう幼なじみじゃない……？」

ちゃんと聞かないと不安になるの。

きっと幼なじみでいた期間が長すぎたせい。

「幼なじみじゃないでしょ。俺の彼女になってくれないの？」

「うっ、なる……っ」

あぁ、わたしってすごく単純。

こんなふうに、ころっと言うこと聞いちゃうから。

「……やっと幼なじみ以上になれたね」

「こ、ここまですごく長かったよ……」

「それは強がりで素直にならない依茉が悪いんでしょ？瑠衣にも言い寄られてたし」

「うっ、それはわたしも悪いけど……っ！　浬世だって、好きって言わないでキスしたじゃん……！　それに、結菜ちゃんとの撮影だって、あんなわかりやすく見せつけなくても……！」
「だって、依茉が可愛いからキス我慢できなかったんだし。だいたい俺、好きでもない子にキスしないし」
「うっ、そういうの屁理屈って言うんだよ！」
「俺だって瑠衣に依茉のこと取られそうになって、嫉妬で狂いそうになったんだから」
　お互い言い出したら止まんない。
　だけど、こうやって言い合える日が来て、よかったって思うの。
　もう、浬世とは幼なじみにすら戻れないと思ったから。
「……でも、俺も悪いとこたくさんあったから。ちゃんと依茉に気持ち伝えられなくて、子どもっぽいことして依茉をたくさん傷つけたのは反省してる」
「わ、わたしも……逃げてばっかりでごめんね。わたしにとって、いつもいちばんは浬世だけ……だから」
　素直になれずに伝えられなかった気持ち、今は伝えられるようになったから。
「……うん、知ってる。依茉は俺のことだいすきだもんね」
「なっ、うっ……」
「俺も依茉がいないと無理だから、お互いさまだね」
　いつもの調子に戻って、甘いキスが落ちてきた。

「うぅ、浬世ってば……いい加減離れたいよぉ……っ」
「ダメだってば。ここ最近まったく依茉に触れてなかったんだから充電させて」

想いを伝えあってから、どれくらいが過ぎたんだろう。

浬世は全然離してくれないし、隙があればキスばっかりしてくるし。

「その充電あとどれくらいかかるの」

「んー……。フルに充電できるまで、あと１週間はかかるかもね」

「１週間!?」

「……もうこのまま俺の腕の中にずっといる？」

「そ、それは無理だよ……っ。心臓壊れちゃう……っ」

浬世に抱きしめられるだけで、ドキドキバクバクうるさい心臓。

こうして触れられるのが久しぶりだから余計。

「……ほんとかわいーね。俺の心臓もおかしくなりそう」

ソファの上で、わたしをギューッと後ろから抱きしめて離してくれない。

「え、えっと……、今日仕事ないの？」

「……ないよ。ってか、依茉の誕生日なんだから仕事入れるわけないじゃん」

なんだ、今日お休みなんだ。

わざわざ休み取ってくれたのかな。

「じゃ、じゃあ……今日はずっと浬世のそばにいてもいいの……っ？」

首だけくるりと回して、浬世の顔を覗き込んでみたら。

「……もうなんなの、その可愛さ。俺を殺す気……？」

「だ、だって、一緒にいられるのうれしい……から」

「はぁ……もう無理。そんなかわいーこと言うなら、ぜったい離してあげない」
「えぇ……っ」
「存分に甘やかしてあげるから覚悟しなよ」
　その言葉どおり、浬世の甘やかしは止まらなくて。
　朝から夜まで、ずっとベッタリ。
　せっかくの誕生日だっていうのに、これといって特別なことは何もせずに。
　あっという間に夜を迎えてしまった。
　そして、寝る時間になった今も。
「ひゃっ……ちょっ、浬世……」
　一緒にベッドに入ったのはいいけど、寝る気配がまったくなくて、わたしにちょっかいを出してきてばかり。
「……依茉、こっち向いて」
「へ……っ、んぅ……」
　あぁ、またキスされちゃう。
　もう何回するの……っ。
　数えられないくらいしてるから、唇が少しヒリヒリするような気がするもん。
「……ぅ……ん……」
　たくさんキスしてるのに、いまだに息をするタイミングがうまくつかめない。
「はぁ……っ、んん……っ」
　うまく息を吸えるタイミングを作ってくれるけど、ほんとに一瞬。

「……ちゃんと息しないと苦しいよ？」

一度呼吸を整えたら、また塞がれるから。

「……うっ……ふぅ……っ」

触れるだけじゃなくて、もっと深いキス。

甘くて痺れそうで、おかしくなりそう。

ぜんぶが溶けちゃいそう……っ。

「依茉さ……キスしてるときの声エロいよね」

「ふぇ……っ？」

唇が触れ合ったまま目が合って、すごくすごく恥ずかしい……っ。

いつもそうだけど、悲しくもないのに瞳に涙がジワリとたまってくる。

「ほら……その顔もさ。たまんないね」

「ぅ……んっ」

フッと笑いながら、また唇を塞いできた。

さっきから、こんなにキスしてるのに、浬世が全然満足してくれない。

苦しくてわずかに口を開いたら。

「ん……もっと開けて」

スッと舌が入り込んできた。

こんな甘い刺激が続いたら、ほんとに心臓が壊れちゃうよ……っ。

「……んっ、り、せ……っ」

「ほら、依茉もちゃんと応えて」

「ぅ……わかん、ない……っ」

首を横にフルフル振ったけど、暴走してる浬世がそれで許してくれるわけなくて。
「……んじゃ、いーよ。俺の好きなようにするから」
舌を軽く噛まれて吸われた。
びっくりした反動で、身体が大きくビクッと跳ねる。
「うぅ……もう、ほんとにダメ……っ」
これ以上されたら窒息(ちっそく)しちゃう。
大げさかもしれないけど、酸素がめちゃくちゃ薄くて頭がボーッとしてる。
「……俺はまだ足りないのに」
「キャパおかしいよ……っ」
やっとキスの嵐が止まってくれた。
……はずなのに、浬世はまだ満足してないから、ムスッとした顔でわたしの部屋着の裾を引っ張ってくる。
「やっ、ちょっ、そこ引っ張っちゃダメ……っ」
「依茉がキスさせてくれないから、口が寂しいんだけど。どーしよっか」
「も、もうベッドに入ったんだから寝ようよぉ……っ」
バタバタ抵抗してみたけど効果なし。
「……唇がダメなら依茉の身体にしよーか」
「ひぇ……ぁ……っ」
やわらかい唇が首筋に落ちてきた。
部屋着が少しはだけて、胸元が見えちゃう。
「肌……やわらかいね。唇にするのがいーけど、これも悪くないね」

「も、う……やだ、寝たいよ……っ」
「んー……まだ俺は満足してないもん」
　部屋着のチャックが上からジーッと下ろされて。
「……キャミソールかわいーじゃん」
「ぅ……見ちゃ、ダメ……っ」
「せっかくかわいーけど、脱がしたら意味ないね」
　ぬ、脱がしたらって。
　まさか脱がす気なの……っ？
「う……ぇ……っ？」
「……なんて。さすがにいきなり襲ったりしないよ」
　もう充分襲われてるような気もするけど。
「まあ、依茉がどうしても襲ってほしいって言うなら……」
「い、言わない言わない……っ！」
「……つまんないね。そこは可愛くおねだりするところでしょ」
　ムッとして、またキスをしてきた。
　今度はさっきよりも短くて、軽くチュッて触れるだけ。
「ぅ……もうキスしないって言ったのに」
「言ってはないよ。口さびしーもん」
「さ、寂しくても我慢して」
「いつまで我慢したらいーの？」
「あ、明日の朝……まで」
「……鬼だね依茉ちゃん」
　頬をツンツンされて、むにっと引っ張られて。
「はぁ……依茉のかわいー唇にもうキスできないんだね。

俺死ぬのかな」

「そ、そんなことで死なないから……っ！」

　いちいち大げさに言うから困っちゃう。

「明日の朝……覚悟してなよ」

「っ、ぅ……」

　結局この日は、おとなしく寝てくれたけど。

　翌朝……学校が始まるまで。

　甘い時間が続いたのは言うまでもない。

たくさん甘えられて。

　浬世と付き合いだして２週間が過ぎた休みのある日。
　どうやら、前とは違い浬世は調子を取り戻したのか、撮影は順調に進んでいるみたいで。
　放課後は毎日ほとんど撮影だし。
　休みの日なんて、ほぼ１日かかることだってある。
　浬世は相変わらず「だるい」「無理」「休む」を連呼しているけど、なんだかんだちゃんと仕事に出かけるところはえらいかなって。
　そういえばこの前、田城さんに会う機会があって「いやー、やっぱり依茉ちゃんパワーすごいよ。ここまで浬世のモチベあげられるの依茉ちゃんくらいだよー」なんて言われて。
　おまけに、恋愛禁止って言っていた社長さんも浬世の強い想いに押されて、わたしと付き合うことを許してくれたらしい。
　浬世がやめるって宣言したくらいだし、それだけわたしへの想いが本気だってわかってもらえて、認めざるを得ない……みたいな。
　たしか今日は時間かかる撮影だから、帰ってくるのがちょっと遅くなるんだっけ。
　せっかくの休みなのに、一緒にいられないのは少し寂しいけど。

でもね、わたしよりもずっとずっと浬世のほうが寂しがっているから。

「ただいま……。疲れた、死ぬ……」
「おかえり」
どうやら撮影が思っていたより長引いたみたいで、予定より１時間くらい遅れて浬世が帰ってきた。
「……はぁ、俺もう無理。依茉とキスしないと窒息しそう」
「キスしたほうが窒息しちゃうよ」
相変わらずよくわかんないこと言うんだから。
まだ玄関だっていうのに、電池が切れたようにドサッとわたしのほうに倒れてきた。
「うぅ……重いよ……っ」
ギュッと力を込めて、もうこれ以上くっつけないくらい抱きしめてくる。
「……とか言って、俺に抱きしめられるの好きなくせに。依茉ちゃんは素直じゃないね」
「うぅ……」
「キスされるのも好きだもんね」
「それは浬世がしたいだけでしょ……！」
「……よくわかってんじゃん」
抱きしめる力をゆるめて、下からすくいあげるように唇を重ねてきた。
「んっ……ちょっ、まだ……っ」
「……喋るとキスしにくいって」

部屋の中にも入ってないのに。

一度暴走し始めたら、浬世は手加減しない。

抵抗されるのが気に入らないのか、喋らせないように強引に口を塞いでくる。

「んぅ……くるし……っ」

苦しいのに甘い刺激。

触れてるだけのキスから、少しずつ唇を動かして、たまにやわく噛んだり。

角度を変えて何度も重ねてくる。

「……ちゃんと息しなよ」

「ぅ……ぁ……だっ、て……」

身体に力が入らなくて、膝から崩れ落ちそうになる。

「……っと、あぶな」

「はぁ……っ、ぅ……」

息が乱れたまま。

脚にうまく力が入らないから、浬世に支えられたまま。

「これくらいの軽いキス慣れてよ」

「か、軽くない……っ」

ぜったい基準おかしいもん。

軽いなら触れるくらいなのに。

「……もっとすごいのしたい」

い、いったいどんなキスするつもりなの……！

怪しい笑みを浮かべて、何か企んでるような顔しないでよぉ……っ！

「……キスもっと慣れてね、依茉ちゃん」

フッと笑って、またチュッてキスしてきた。

そして、やっとおとなしく部屋の中に入ってくれた。

仕事から帰ってきた浬世は、いつもスイッチが切れたように、ソファにグダーッと座って動かなくなる。

もちろん自分がソファに座るときは、わたしも連れて隣に座らせるから。

「はぁ……このまま寝たい」

「ダメだよ。ごはんも食べてないし、お風呂もまだ入ってないし」

わたしの肩に頭をコツンと乗せて、ソファの上に置いているわたしの手の上に自分のを重ねてくる。

「ごはん先にする？」

「依茉にする」

「お風呂先にする？」

「依茉にする」

「もう……っ！　からかってないで、どっち先にするかちゃんと選んで！」

「だから依茉にするって言ってんじゃん」

「そんな選択肢、出してないもん」

「俺が勝手に作って採用(さいよう)したから」

何それ。わたしは採用してないもん。

「ついでに、依茉ちゃん触り放題っていうのも作ってみた」

「もうっ!!　ふざけないでっ！」

近くにあったクッションを浬世の顔にぶつけて、ソファから脱走(だっそう)。

「……あー、依茉に捨てられた」
　力なくそのままソファにバタッと倒れちゃってる。
　これだと、ごはんもお風呂もどんどん遅れていくばかり。
「浬世ってば。先にお風呂だけでも入ってきて。ごはんもその間に温めておくから」
「依茉が一緒なら入る」
「やだ。ぜったいやだ」
「俺が溺れてもいいんだ？」
「お風呂で溺れた人なんて聞いたことないもん」
　何かと変な理由ばっかりつけてくるから、すごく困る。

　そんなこんなで、なんとか浬世をお風呂に連れていき、ごはんも食べ終えた。
　キッチンで食器を洗っていると。
「……依茉ちゃん、俺の相手してよ」
　きました、おじゃま虫。
　背後に立って、お決まりのように抱きついてくる。
「今はダメだよ」
　こういうのは無視しないと。
　相手にしちゃうと、やりたい放題やっちゃうから。
「……依茉に拒否権ないよ」
「ちゃんとあります」
「俺がいま破棄した」
「もう……っ」
　話しちゃうからダメなんだ。

こうなったら、ぜんぶ無視してやる。

「ねー、依茉」

「……」

「えーま」

「……」

これだけ無視したら、さすがに諦めてくれるかと思ったのに。

「……ひゃぁ、ちょっ……どこ触ってるの」

服の隙間からうまく手を滑り込ませて、お腹のあたりを直接撫でて、首筋にキスを落としてくる。

「うっ、浬世ってば……っ」

喋りかけてもフル無視。

ぜ、ぜったいさっきの仕返しで無視してるんだ……っ。

「服から手、抜いて……っ」

「……もっと触ってほしいの？」

「ち、ちがう……！」

「俺のこと無視する依茉が悪いんだよ」

しだいに浬世の手が上がってきて、首筋の刺激もどんどん強くなっていく。

さっきまで食器をスムーズに洗えていたのに、今は意識がぜんぶ浬世のほうに向いてる。

「ぅ……っ」

手に力も入らなくて、食器洗いどころじゃなくなってしまった。

「……まだ続ける？」

「だって……、ちゃんとやっておかないと」
「そんなの後回しでいーじゃん。俺とたのしーことしてるほうがいいでしょ？」
　フッと耳に息を吹き込んで。
　そのせいで、腰のあたりゾワッてなる。
「ぅ……ばかぁ」
「依茉の身体がよろこぶことしよっか」
　結局、浬世の甘い誘惑に勝てなくて。
　まだやらなきゃいけないことがあるのに、ソファのほうに強制的に連行。
「俺ものすごく疲れてるから、かわいー依茉ちゃんが癒してよ」
「やだ……」
「へぇ……。ここにきて抵抗するの？」
　浬世がソファにドーンッと座って、わたしがその上に乗ってる……とっても恥ずかしい体勢。
「抵抗したら俺の好き放題だよ」
　わたしの部屋着のボタンをひとつ外した。
「は、外しちゃダメ……だよ」
「なに？　もっと外してほしいって？」
「い、言ってない……っ！」
　自分の都合のいいようにとらえないでよぉ……っ！
「んじゃ、疲れてる俺のこと癒して」
「い、癒すって、何したらいいの？」
「そんなの考えたらわかるでしょ」

　自分が疲れてるとき、誰かにしてほしいこと……。
「マッサージ……とか？」
「……依茉ちゃんバカだね。前も同じこと言ってたし。少しは学習しなよ」
「え、え!?　なんでバカなの!?」
「俺がそんなので満足するわけないじゃん」
「だって、マッサージしてもらうの気持ちいいじゃん」
　これ以外わかんないもんって訴えてみたら。
　仕方ないから、教えてあげるといわんばかりの顔をして。
「マッサージなんかより気持ちいいこと……あるでしょ？」
　浬世の親指がわたしの唇に触れた。
「ん……」
「依茉ちゃんのかわい一唇で俺のこと満足させて」
　フッと笑って、今度はその親指を自分の唇にあてる。
「よ、よくわかんない……っ」
「依茉からキスしてよ」
「へ……、わたし……から？」
「そう」
　む、無理……っ、難易度高すぎ……！
　それに、キスなら浬世から数えられないくらいしてるんだから、もう今日はしなくてもいいじゃん。
　それを言ってみたら。
「……俺からキスなんてしたっけ？」
「と、とぼけないで……っ！」
「した覚えないから依茉がしてよ」

「うぅ、なんでそうなるのぉ……っ」

とぼけるのがほんとにうまいんだから。

あんなにたくさんキスしておいて、覚えてないなんてぜったい嘘だもん。

「ほーら、早くして依茉ちゃん。いつまで待たすの、焦らしプレイ？」

「うっ……しないもん……」

「なんで」

「や、やり方わかんない……っ」

いつも浬世は自然にしてくるけど。

わたしからしたことないから。

そもそも目を閉じたままキスなんて、うまく唇にあたるかもわかんないし……！

どうやったらあんな自然に唇が重なるの。

「いつも俺がやってるようにすればいいだけでしょ？」

早くしてよって、唇を尖(とが)らせて近づけてくる。

でも、浬世からはしてこない。

「ちょっ、どこ触ってるの……っ」

「だって、依茉ちゃんが全然してくれないから」

手があきらかに触れちゃいけないところに触れて、その手を必死に押さえ込む。

「だ、だからって……ぅ……」

「だいたいさー、依茉の部屋着エロいからダメでしょ。こんな短いのはいて太もも出して」

「だ、だって、短いほうがラクだし可愛い……もん」

「うん、短いほうが俺も触り放題だから都合いいよ」
「だ、だからそういうことじゃなくて……っ！」
「早くしてよ。しないなら脱がすよ」
「やだ、脱がしちゃダメだって……」
　押し返すけど力になってない。
　しかも、浬世の瞳が本気だから、このままだとぜったい部屋着ぜんぶ脱がされちゃう。
「あ、の……ちゃんと、するから……っ」
「んじゃ、どーぞ」
　ジーッと見つめて、お互いの目線が絡んだまま。
　やだやだ、こんな明るいところで顔をまじまじと見られながらするなんて。
「目、閉じて……っ」
「わがままだね」
「聞いてくれないなら、しない……っ」
「ん、いーよ」
　仕方ないなぁって顔をして、意外とあっさり目を閉じてくれた。
　さ、さて、どうしよう。
　うまく唇があたるようにしないとだし、でもどうやったらあたるんだろう。
　真正面からするの……？　角度つけたりするの……？
　浬世がしてくれるのを思い出そうとするけど。
　いつもほとんど目を閉じちゃってるし、ドキドキしてるからそんなのいちいち覚えてないし。

でも、たしかいつも少しだけ顔が傾(かたむ)いていたような気がする……。
ということは、ちょっと傾ければいいのかな。
むむむ……考えれば考えるほどわからない……！
「ねぇ、依茉ちゃん。放置プレイ愉しまないでくれる？」
「へ……っ？」
「いつまで目閉じて待たせんの」
「ぅ、あ……えっと、角度……とか」
「……角度？」
「な、なんでもない……！　ちゃんとするから、目閉じて……っ！」
浬世の肩に両手を置いて。
覚悟を決めて、早くしちゃえばいいんだ……！
もうこのさい、へたっぴでも許してほしい。
スローモーションみたいに浬世の顔に近づいて、ギュッと目をつぶって。
うまく触れるように、そっと唇を重ねた。
ちゃんと触れてる。
いつものやわらかい感触が伝わってる。
ギュッと閉じていた目を、そっと開けたら。
「……っ!?」
なんでか、さっきまで閉じていたはずの浬世の目が、ばっちり開いていた。
唇が触れ合ったまま目が合うのって、ものすごく恥ずかしい……っ！

　恥ずかしさのあまり、目をまた閉じようとしたら。

「……閉じんなよ」

「へ……っ」

　えっ、今のなに……っ!?

　口調がいつもと違う。

「ん、もっと深いのしてよ」

「やっ、むり……っ」

　誘うように唇を舌でぺろっと舐めてくる。

「目しっかり合ったままキスするのいいね。興奮する」

「んなっ……」

　唇をわずかに離して、クスッと笑ってる。

「もうこれでおわりですか、依茉ちゃん？」

「おわり……です」

「ふーん……。まあ、物足りないから寝るときは俺から嫌ってくらいキスしてあげる」

「えっ、ぅ……」

　もちろん、その日の夜も浬世が満足するまでキスの嵐は止まらなかった。

第5章

隠れて内緒でキス。

気づけば11月に突入。

学校では少し遅れて、もうすぐ文化祭がある。

わたしと浬世の関係は前とまったく変わらず。

朝、目が覚めたら真っ先に飛び込んでくる浬世の寝顔。

付き合ってからも、浬世がわたしの部屋で過ごす毎日。

昨日は撮影で相当疲れたのか、ごはんも食べずにバタッと寝てしまって。

でも、どんなに疲れていても、わたしと過ごす時間はすごく大切にしてくれる。

……のはうれしいんだけど、浬世の暴走は付き合う前よりさらに増してるから、それを止めるのが大変。

「……ん、えま……」

たぶん寝言。

ゴソゴソ動いて、身体をすり寄せてくる。

早く起こさなきゃいけないのに、こうして浬世に抱きしめてもらうのが好きだから。

なかなか「起きて」って言えない。

耳元でスヤスヤと聞こえる規則正しい寝息。

寝てるときだって、きれいな顔は崩れなくて。

この寝顔を見られるのは、わたしだけ。

だって、雑誌で浬世を見てる子たちは、こんな無防備な寝顔を知らないから。

勝手に優越感(ゆうえつかん)に浸(ひた)って、思わず口元がゆるんじゃう。

寝てるのをいいことに、バレないように軽く頬にキスしちゃった。

もちろん、ほんとに軽く触れるだけ。

しちゃったあとに、ブワッと恥ずかしさに襲われて、下を向いて我に返る。

うっ、朝からなんて大胆なことを……っ。

こんなの湮世にバレたら——。

「……そこは口にするとこでしょ」

「へ……っ」

い、嫌な予感……。

えっ、だって、さっきまで寝てたよね？

ま、まさか起きてるなんてこと……。

「……俺が寝てるときはずいぶん積極的じゃん」

ガバッと勢いよく顔を上げたら。

「うぅ……なんで起きてるの！」

ばっちり目を開けて、うれしそうにニッと笑ってる。

「……依茉ちゃんは寝込みを襲うのが趣味(しゅみ)なんだね」

「お、襲ってない、もん……！」

「朝から大胆だね。キスしてくるなんて」

「うっ……もう忘れて早く起きて……っ！」

やだやだ、自分からキスしたのがバレたのすごく恥ずかしい……！

「前は自分からキスするの無理とか言ってたくせに」

「そ、それとこれとは別なの！」

「意味わかんなーい。だから、もっかいして」
　あぁ、これはまずい。
　寝起きの浬世は加減を知らないから。
「……ってか、今度は俺からしよっか」
　いきなり体勢を変えて、上に覆いかぶさってきた。
「ダ、ダメだよ、遅刻しちゃう」
「よく言うよ。そっちから誘ってきたくせに」
「さ、誘ってなんか……んんっ……」
　抵抗する隙もなくて、あっけなく塞がれる唇。
　グッと押しつけて、触れてるだけのキスから、わずかに唇を動かして、慣らすようなキスもしてくる。
　浬世とキスをしていると、息がうまくできなくて苦しいのに……もっとしたいって思う中毒性があるの。
「り、せ……っ」
　たぶん、ほぼ無意識。
　苦しいのと甘いの間でグラグラ揺れて、浬世を求めるように、自分からギュッて抱きついた。
「あー……依茉がそんな可愛い声出すから止まんないよ」
「ふぇ……っ？」
　悲しくもないのに、いつものように瞳にジワッと涙がたまって、息も荒くなっちゃう。
「涙目で真っ赤になってるの、たまんないね」
「っ……ぅ」
　どうしよう、浬世の瞳が本気……。
　完全に変なスイッチが入ってるよぉ……っ。

「このままガッコー行くのやめる？」
「そ、それはダメだよ……っ」
「そんな誘うような顔してよく言うね」
「してない……っ」
「もっとして欲しいって顔してるのに」
「うぅ……」
　浬世の瞳にいま自分がどう映っているかなんて、知りたくもないけど……。
「……なんて。ほんとは俺がもっとしたいんだけどね」
　甘いキスにはぜったいかなわないの。

「ま、間に合ったぁ……」
　あれから、浬世がギリギリの時間まで離してくれなくて、学校まで走って、なんとか滑り込みセーフ。
「あらま。今日もイチャイチャご苦労さまですね」
「未来ちゃん……！　毎日そうやってからかうのやめてよぉ……！」
「事実でしょー？」
「うぅ、そんなことない……もん！」
　未来ちゃんには、浬世と無事に付き合えることになったのは報告ずみ。
　報告したとき、「ついにか、ついに幼なじみ超えたのね！めでたいわ～よかったよかった！」と言ってくれた。
　未来ちゃんには、たくさん相談に乗ってもらったから、感謝でいっぱい。

　でも、最近はわたしが浬世とイチャイチャしてるって茶化してくるから。

「神崎くんって、幼なじみの頃から依茉しか眼中になくて離さなかったじゃん。依茉のこと好きすぎて、そのうち部屋に閉じ込めそうだよね」

　いやいや、それフツーに犯罪じゃない……!?

「それか、可愛い依茉はぜんぶ俺の〜とか言って、周りに見せつけそう」

「さ、さすがにそこまではしないような……」

「いーや。神崎くんの依茉への独占欲ってかなり異常だからね？」

「イジョウ……」

「そんなんで文化祭とか大丈夫なの？　うちのクラスが何やるか話した？」

「は、話してない……」

　わたしたちのクラスは、文化祭でメイド喫茶をやるんだけども。

　ほんとはね、メイドとかやりたくないし、なんとか裏方に回してもらえないか頼んだんだよ……？

　でも、なんでかクラスの子たちに全力で反対されて「依茉ちゃん可愛いんだから強制!!」なんて言われてしまい。

　つい最近、衣装合わせをしたんだけど。

「いやー、依茉のメイド姿めちゃくちゃ可愛かったからさ。神崎くんが見たら、嫉妬で頭おかしくなって狂っちゃうんじゃない？」

可愛い子にしか似合わないデザインだから困る……。

黒をベースにしたワンピースで、スカートのヒラヒラしてる部分だけ白で。

しかも、丈(たけ)がものすごーく短い。

その上に着(つ)けるのは、小さなリボンがところどころについた白のエプロン。

全体的にフリフリしていて、ほんとにザ・可愛い！って感じで。

「こんなのわたしが着たらお客さん逃げちゃうよ……。浬世もぜったい引くもん……」

「まさか〜。依茉って自分の可愛さ全然自覚してないよね」

「あんな可愛いフリフリなワンピース着るの小学校以来だよ……」

ちなみに、浬世のクラスは執事(しつじ)喫茶をやるみたいで。

本人は執事服なんて着たくないって、すごく嫌がっていたけど。

浬世の執事服……めちゃくちゃ見たかったりする。

でもでも、ぜったい似合うしかっこいいだろうから、他の子に見られちゃうのは……やだ。

乙女心(おとめごころ)はものすごく複雑だよ。

「可愛い彼女はメイド服を着て、イケメン彼氏は執事服ですか〜。ふたり並んだらいい組み合わせじゃん〜」

「な、並びたくない。浬世はぜったいかっこいいけど、わたしなんて……」

「もっと自信持てばいいのに。神崎くんもこんなに鈍感な彼女を持って大変なこと〜」

とりあえず、文化祭当日まで浬世には隠し通そう。

浬世のクラスにもいきたいけど……。

あわよくば、わたしだけの前で執事服を着てくれたらいいのになぁ……なんて。

いくら文化祭の接客だからって、他の女の子に笑顔で話しかけたり触れてほしくない……もん。

あぁ、わたしものすごくわがままな彼女。

「小芝さん〜。あとでプリント回収したら準備室まで持ってきてくれるかしら？」

「あ、わかりました」

英語の授業終了後の休み時間。

係だから、プリントの回収を頼まれてしまった。

全員分を集めて準備室へ。

英語準備室は少し遠くて、別校舎にある。

浬世がいる、芸能科の校舎と同じ。

普段こっちの校舎に来ることがないから、なんでか緊張しちゃう。

もしかしたら、浬世に会えたりするかな……なんて期待したり。

「ごめんなさいね〜。ここまで来るの大変だったでしょ？」

「いえいえ、大丈夫です。じゃあ、これで失礼します」

無事にプリントを届けて、準備室をあとにした。

次の授業なんだっけ、移動だっけ、なんてことを考えて歩いていたら。

「……あれ、依茉だ」

「うぇっ……!?」

急に後ろから手を引かれてびっくり。

「……何その声。変なの」

「えっ、うわっ、浬世……！」

会えたらいいなぁと思っていたら、まさか会えるなんて。

教科書とか筆記用具を持っている様子から、移動教室なのかな。

「珍しいじゃん、依茉がこっちの校舎にいるの」

「あっ、うん。プリントの回収頼まれたから。それで今から教室に戻るところ」

休み時間が終わっちゃうまで10分を切っているから、早く戻らないと。

「じゃあ、時間ないからもう行くね？」

ほんとはもっと一緒にいたいな……って思う気持ちは抑え込んで。

手を振って、浬世に背中を向けて歩き出したら。

「うぎゃっ、なに!?」

後ろからガバッと覆うように抱きついてきた。

「……もう行くの？」

「う、うん」

「……せっかく会えたのに、キスくらいしてくれないの？」

「い、いや、ここ学校だから……！　そ、それにキスなら朝たくさん……したじゃん」

「ってか、したいからしよ」
「へ……へっ!?」
　ちょっ、ここ廊下だし……!!
　いま誰もいないからいいけど、ぜったい誰か通るよ。
　見られたらまずいから……!!
「うぅ、まってまって、ダメだってば……！」
　近づいてくる浬世の顔を手でブロック。
「……この手クソ邪魔」
「口悪いよ！」
「口さびしい？　んじゃ、キスするしかないね」
「そんなこと言ってなぁい!!」
　すると、階段のほうから誰かの声が聞こえてくる。
　ま、まずい、こんなイチャイチャしてるところを、人さまに見られるなんて耐えられない！
　ど、どうしよう、どうしよう……！
　パニックになったわたしがとった行動は——。
「こんなとこに誘い込むなんて、依茉はイケナイコだね」
　とっさに、近くにあった空き教室の扉を開けて、浬世を連れ込んでしまった。
　あぁぁぁ、間違えた間違えた。
　隠れるのはわたしだけでよかったのに……！
「依茉もほんとはキスしたかったの？」
「う、やっ……ちがう！　ひ、人が来たから、隠れないとって思って……！」
　さらにパニックになっていたら、何やらガチャッて鍵をかけたような音がした。
「へ……っ、なんで鍵なんか……」
かけたのはもちろん浬世で。
扉にトンッと手をついて、わたしを追い込んで、どこにも逃がさないよって瞳で見てる。
「……邪魔入ったら困るからね」
「邪魔って、何するの……っ」
「依茉ちゃんがせっかく誘ってくれたんだから……ね？」
「……んっ」
あぁ、またキスされちゃった。
学校で、こんないつ誰が入ってくるかわかんない場所で。
鍵をかけているとはいえ、扉越しに廊下を通る生徒や先生の声が聞こえてくる。
ぜったい、変な声出せない……っ。
「……っ」
「声、我慢してんの？」
「ダメ、だって……こんなところで……っ」
フルフルと首を横に振って、これ以上は触ってこないでって訴えたのに。
どうやら、それは逆効果だったみたいで……。
「……いつもみたいにかわいー声聞かせて」
「ぅ……っ、ん」
やめるどころか、もっともっと深くキスをしてくる。
やだやだ、外に聞こえたらどうするの……っ。
「はぁ……っ、ぅ……」

　わずかに唇が離れて、スッと息を吸い込んだけど、また塞がれる……繰り返し。
　もう、こんなのダメなのに……っ。
　浬世のセーターをギュッと握って限界の合図を送るけど、ぜんぶスルー。
「……イケナイコトしてるね、俺たち」
　クスッと笑って、今度は耳元に顔を近づけて。
「……依茉は耳も弱いもんね」
「ひゃぁ……っ、やめ……てっ」
　耳たぶを甘噛みされてゾクッとするし、さっきよりも声が抑えられない。
「……ほんとかわいーね。理性死にそう」
　お腹のあたりにスッと浬世の手が触れて、ブラウスを引っ張って出してくる。
「やだ……っ、何するの……っ」
「せっかくだから脱がそうと思って」
「バカ言わないで……っ!!」
　せっかくだからとか意味わかんないし……!!
　すると、最悪の事態発生。
「あれー、ここの空き教室って鍵かかってたか？」
　急に外から男の子の声が聞こえて、扉を開けようとしているのか、ガチャガチャ音がしてる。
　う、うそ……なんで誰か来ちゃうの……!!
　タイミング悪すぎるよ……！
「鍵なんてかかってなかったよなー？」

「誰か使ってんのかね？」

ひぃぃ……これぜったいまずい……っ！

扉1枚越しで、ちょっとでも声を出したらバレる……！

「り、せ……どうしよう……っ」

今わたし、ぜったい不安そうな顔してる。

なるべく小さな声で伝えたのに。

「……興奮するね」

「へ……っ」

「……ちゃんと声我慢しないとね」

「ふぇ……っん」

う、うそうそ……っ。

なんでこの状況を愉しんじゃってるの……！

「……そんな声出したら聞かれるよ？」

「ぅ……っ」

もう、なんでこんなイジワルなの……っ。

「依茉の困り顔……かわいーね」

「こ、困らせないでよぉ……っ」

控えめに見つめたら、またチュッてキスをされて。

「……でも、依茉のかわいー声は他の男には聞かせたくないね」

「ぅ、じゃあ……、やめて……っ」

すると、ガチャガチャ開けようとする音がしなくなった。

「仕方ねーから、諦めるかー」

「そうだなー」

ようやく諦めて、どこかに行ってくれた。

「うぅ、浬世のバカ……っ！」
　すぐさま押し返して、鍵をガチャッと開けて廊下に出た。
「……スリルあってよかったじゃん」
「よくないよくない……!!」
　悪びれた様子がないから困っちゃう。
　あの状況でバレたらどうなっていたかと……。
　寿命が縮まったよ。
　思い出すだけでも変な汗が出てきちゃう。
　すると、休み時間終了のチャイムが鳴ってしまった。
　えぇ、うそ！　次の授業間に合わなかったじゃん……!!
　どうしてくれるのって、浬世に言おうとしたとき。
「あれ。浬世と依茉ちゃんだ」
　少し遠くからそんな声が聞こえて、声のするほうを振り返ったら予想もしていなかった人が、こっちに向かって歩いてきてる。
　まさかこんなところで会うなんて。
「久しぶりだね」
「る、瑠衣……くん」
　いつもと変わらない、にこにこ笑顔で手を振りながらこっちにやってきた。
　うっ、どうしよう地味に気まずい……かも。
　瑠衣くんとは保健室の日以来、顔を合わせていないし。
「ふたりして、そんな使われてない教室から出てきてどうしたの？」
「え、あっ……いや、これは……！」

　出てきたところ見られてたの……!?

「……決まってんじゃん。キスしてた」

「っ!?」

　は、はぁぁぁ……!?

　いいいい今なんて言った……!?

　さらっと爆弾落としたよね!?

「うわー、何その報告。俺に対する嫌がらせですか？」

「この前、依茉のこと抱きしめてた仕返し」

「抱きしめてたって保健室でのやつ？　あれ浬世見てたんだね？」

「……嫉妬で殺意湧いたけど」

「ははっ、浬世ってほんと依茉ちゃんだいすきだね。ふたりの様子からして、無事に付き合えたとか？」

　もっと重い感じの空気になるかと思ったら、全然そんなことなかった。

　瑠衣くんが、ほんとにいつもと変わらないから。

「……依茉はもう俺の彼女。だから瑠衣はぜったい手出さないで。出したら殺すよ」

「いやいや、そんな怖いこと言わないでよ。別に手出すつもりないし」

「とか言って、瑠衣は油断も隙もないからね」

「んー、まあそこは否定できないかもね」

「……今すぐやっちゃっていい？」

「ジョーダンだよ。本気の瞳で見るのやめてよ。ものすごく怖いから。ファンの子がこんな顔の浬世を見たら驚くだろうなー」

　すると、瑠衣くんの目線がわたしのほうを向いた。

「依茉ちゃん、よかったね。浬世と付き合えて」

「え、あっ……えっと」

「俺のことは気にしなくて大丈夫だから。依茉ちゃんが幸せならそれでいいし。悲しんだり傷ついたりするのは見たくないけど」

　どうして……瑠衣くんはこんなに優しいの。

　わたしが浬世のことで悩んでいたときも、優しい言葉をたくさんかけてくれた。

　好きって伝えてくれて、わたしがその気持ちに応えられなかったのに。

　ぜんぶわたしが悪いのに――わたしが幸せだったらそれでいいなんて……。

「依茉ちゃんのこと幸せにできるのは浬世しかいないもんね。俺がどれだけ頑張っても、浬世を超えることはできなかったから」

「ご、ごめん……なさい」

「謝ることじゃないよ。だって、俺もずるいとこあったし。依茉ちゃんが浬世のこと好きってわかってて、気持ち伝えたわけだし。振られて当然だよ」

「で、でも……っ」

「あわよくばさ、依茉ちゃんの気持ちが俺のほうに傾いてくれたらいいなーとか思ってたけど。依茉ちゃんの浬世への気持ちは、そんな軽いものじゃないもんね」

「っ……」

「無理やり振り向かせようとしたり、奪おうなんてしたら依茉ちゃんが傷ついて悲しむだろうから。それだけはしたくないって思うんだ」

瑠衣くんはそのまま話し続ける。

「だから、俺のことはほんとに気にしないで。ふたりのこと応援してるからさ。まあ、浬世が依茉ちゃんを泣かすようなことしたら黙ってないけど」

すると、すぐさま浬世が。

「泣かすようなことしないし。ってか、瑠衣が奪う気でもぜったい渡さないから」

わたしの肩を抱き寄せて言った。

うん、ここまでだったら、すごくかっこいいセリフだよ？

これで終わってくれたら、ものすごくよかったよ？

肩を抱き寄せただけかと思えば、急に顎をつかまれて無理やり浬世のほうを向かされて——。

「わー、そんな見せつけられても困るなー」

瑠衣くんの前だっていうのに。

こんなパフォーマンスしなくていいのに……！

「これくらいしとかないとね」

最後にチュッとわざと音を立てて、一瞬唇に触れた熱が離れていった。

「なっ、ぅ……ぁ……」

顔から火が出そう、沸騰しそう。

穴(あな)があったら入りたい、ないなら掘りたい。

「依茉ちゃん顔真っ赤じゃん」
「見ないでくれる？　依茉の可愛い顔はぜんぶ俺のだから」
　瑠衣くんから隠すように抱きしめられた。
「はいはい、もう依茉ちゃんには何もしません。何かしたら恐ろしいもんね」
「当たり前」
「ってか、こんなところで話してるの先生に見つかったらまずいよね。もう授業始まってるし」
　た、たしかに。
　授業中だってことをすっかり忘れていた。
「ふたりはこれからおサボリですか？」
「そういう瑠衣は何してんの」
「俺は撮影あるから早退だよ」
「へぇ」
「相変わらず興味なさそうな相槌だね」
「俺が興味あるの依茉だけだし」
「はいはい、惚気は結構だから。そろそろ時間ないから行くね。依茉ちゃんのこと大切にしなよ？」
　と言って、瑠衣くんは手を振って去っていった。
　あぁ、ちゃんとお礼も言えなかった。
　好きになってくれて、気持ちを伝えてくれてありがとうって。
　それもこれも、ぜんぶ浬世のせいだよ……！
　なんで瑠衣くんの前でキスなんか……！
「うぅ、浬世のバカバカ……！」

「何がバカなの？」
「何もキスすることないじゃん！」
「だって、依茉がしてほしそうな顔するから」
「してないしてない！」
　ぜったい浬世がしたかっただけでしょ……！
　人前でキスされるの、すごく恥ずかしいんだから……！
「……ってか、授業始まっちゃったね」
「もう参加できないよ」
「……んじゃ、ふたりでサボろーか」
「サボるって……」
　どこでって聞こうとしたら。
「もっかいここで……たくさん甘いことしよっか」
　そう言って、再び空き教室に連れ込まれて。
　また、鍵がガチャッとかけられた。
　そのあと、何をしていたかは──ふたりだけのヒミツ。

危険な独占欲。

　文化祭前日の夜のこと。
　いつもと変わらず、浬世とベッドで寝ようとしたとき。
「……そーいえば明日文化祭だね」
　普段、行事とかにあまり興味のない浬世が、珍しく自分から話題を振ってきたからびっくり。
「そうだね。浬世のクラスは執事喫茶やるんだよね？」
「んー。まあね」
　浬世はもちろん裏方なわけなく。
　この前、衣装合わせをしたみたいで、面倒くさがり屋な浬世は「めんどーだから風邪ひいたことにしたい」なんて言って。
　ちょうど仕事とかぶるかもしれなかったみたいだけど、田城さんが気を利かせて文化祭の日はオフにしてくれたらしい。
「浬世ぜったい執事服、似合うもん……」
「……どーだろうね」
「女の子みんな夢中になっちゃう……よ」
　あからさまに声のトーンが、しょんぼり落ち込んでる。
　だって、今日もクラスの子たちが、浬世のクラスに行くの楽しみって言ってたもん。
　女の子たちみんな、浬世がお目当てだから。
「……依茉ちゃん拗ねてるの？」

「うっ、だってやだもん……。わたしの涅世なのに……っ」
「珍しく素直じゃん。かわいー」
「か、からかわないで……っ」
　わたしが拗ねてるのを見て、なんでかうれしそうに笑ってるし。
「……んじゃ、明日文化祭行くのやめよっか」
「え、なんで」
「だって執事服、着てほしくないんでしょ？」
　うっ……いや、そういうわけじゃなくて。
　もちろん他の女の子に執事服で接客するのは嫌だよ？
「えと……着てほしくない、わけじゃないの」
「……どーゆーこと？」
「うっ……その、執事服を着てるのは見たいの……っ。でもね、他の女の子に見られちゃうのが、やなの……っ」
　あぁ、やだやだ。ヤキモチ全開。
　どんだけ心が狭いのって言われても仕方ないよ。
「……んじゃ、かわいー依茉ちゃん専属の執事になってあげよーか？」
「うぇ……？　ほんと……っ？」
「……シフト誰かに交代してもらうことにして、依茉ちゃんとふたりで文化祭たのしもーかな」
「え、えっ？　じゃあ、接客とかしない……？」
「かわいー彼女が嫌だって言うんだから、そこは彼氏として聞いてあげなきゃでしょ」
　フッと笑って、軽くキスをしてきた。

「でも、そんなことして、クラスの子たちに何か言われたりしない……っ？」
「んー、別に大丈夫でしょ」
　ほら、こうやってわがままを聞いてくれるの。
　普段は浬世のほうが甘えたでわがままだけど、わたしが拗ねたときは、ちゃんと甘やかしてくれる。
「……ってかさ、依茉のクラスは何やるわけ？」
「へ……？　あっ、わたしのクラスは喫茶店……みたいな」
　メイドはあえて言わずに。
　喫茶店でも間違ってないし。
「へぇ。フツーの喫茶店？」
「う、うん」
　ただ、わたしみたいなのがメイド服を着るのが残念すぎるだけで。
「……シフトは？」
「午前中だけ、かな」
「んじゃ、依茉のクラス行ってもいい？」
「く、くるの？」
「ダメ？」
　ど、どうしよう。
　ここでダメって言ったら、おかしいって思われるかな。
　でも、メイド服の姿で会いたくないし……。
「う、えっと、浬世が来ちゃったら、女の子たちみんな騒いじゃう……から」
　我ながらいい理由を思いついた。

　これなら納得してくれそう。
「……騒がれないと思うけどね」
「さ、騒ぐよ。執事服の浬世が来たら、みんなメロメロになっちゃうもん……っ」
「……依茉って独占欲強いよね」
「うっ、だって……、わたしの浬世……だもん」
　付き合う前までは、他の人に取られたくないと思っても口にできなかったけど。
　今は、素直に言えるようになった気がするの。
「ん、そーだね。俺はかわいー依茉ちゃんのものだもんね」
「ぅ……っ」
　ちゃんと素直になったら、浬世はこうやってとことん甘やかしてくれるから。
　こうして、この日の夜は眠りに落ちた。

　そして迎えた文化祭当日。
　浬世は午前中どこかでサボると言っていたので、なんとかわたしのクラスに来ることは防(ふせ)げた。
　わたしの午前中の仕事が終わったら連絡する約束。
　そのあとふたりで回る予定。
「あらあら、どうしたの依茉さん。ニヤニヤしちゃって～」
「み、未来ちゃん……！　えっ、わたしそんなニヤニヤしてたかな!?」
　もうすぐ文化祭が始まるので、女の子たちはみんな着替えをしたりメイクをしたり大忙し。

着替えるスペースがわずかしかないので、着替えの順番を待っていたら、未来ちゃんがこっちにやってきた。
「ニヤニヤしてたよ〜？　神崎くんと文化祭回れるのが楽しみって？」
「うっ、なんでわかるの……！」
「そりゃ、依茉が幸せそうに笑ってたら、だいたい神崎くんが絡んでるってわかるよ。幸せオーラがダダ漏れだもん」
「そ、そんなに」
だって、一緒に回れるのも楽しみだし、浬世の執事服を自分だけが見られちゃうっていう“特別”がすごくうれしくて。
早く見たいなぁ……なんて。
そのためには、地獄(じごく)の午前中を乗り越えなければ……。
順番が回ってきて、ついに着替えなくちゃいけなくなってしまった。
「はぁぁ……やっぱり似合ってない……」
何度見ても、めちゃくちゃ落ち込む。
「依茉は可愛いんだから自信持って！」
「うぅ、でもでも……！」
「はい、次こっちで髪とメイクやってあげるからおいで〜」
未来ちゃんに流されて、されるがまま。
「え、えっ!?　こんな髪型ダメだよ無理だよ!!」
「はいはい落ち着いて。可愛いから〜」
まさかのツインテール……。
最後に未来ちゃんから誕生日にもらったピンクのリップ

を塗って。
「うぅぅぅ……やだやだ」
「うなってもダメ。依茉はクラスの看板背負ってるんだから～！　ほら見てごらんよ。クラスの男子とか、みんな依茉のほう見てるよ？」
「気のせいだよ……」
「ちゃんと笑顔で接客しなきゃダメだからね？　せっかくの可愛い顔が台無しになるから！」
　はぁぁぁ、もうすぐ始まっちゃう。
　時計を見たら、文化祭が始まるまであと15分ほど。
　ちなみに、わたしたちの学校の文化祭は外部の人も参加オーケーなので、毎年かなり盛り上がってる。
　今すぐ教室から脱走したいけど、そんなことしたら未来ちゃんに怒られそうだし。
　始まるまで、なるべく教室の隅っこでおとなしくしていようと思ったけど。
「えっ、あれって……くんじゃない!?」
「わっ、ほんとだ!!　えっ、何あの格好めちゃくちゃかっこよすぎない!?」
　何やら女の子たちが騒がしい。
　廊下のほうからキャーキャー声が聞こえる。
　なんだろ？　誰か来てるのかな。
　少し興味はあるけど、この格好でうろうろしたくないし。
　そして、キャーキャー聞こえる声がどんどん近づいてきて、ボリュームが大きくなってる。

いったい何事だろうって、廊下のほうに目線を移して衝撃を受けた。

え、え……えっ!? な、なんでなんで!?

そこにいるはずのない人物が女の子たちに囲まれて、わたしのクラスにきてる。

う、うそうそ。だって、わたしのクラスに来ないって言ったのに！

なんで、なんで——浬世がいるの!?

真っ白のブラウスに、真っ黒のネクタイと、同じ色のジャケットに身を包んで、ばっちり執事服じゃん……！

スタイルがいいから抜群に似合ってるし。

もうそれは、ものすごくかっこよくて、女の子たちがこれだけキャーキャー騒ぐのもわからなくもない。

……って、それどころじゃなくて!!

まずいまずい、こんな格好を見られたらぜったい引かれちゃう……!!

急いで隠れようとしたけど、そんな場所もないし。

すると、浬世とばっちり目が合ってロックオン。

5、6人くらいの女の子に囲まれて騒がれているのに、それを無視してズンズン教室の中に入ってきて。

「……何してんのかな、依茉ちゃん」

ひぃぃ……めちゃくちゃドスのきいた声。

これは、ぜったい怒ってる……！

顔は笑ってるのに、オーラが怒ってるもん！

「あ、えええええっと、これは……っ」

どうしようどうしよう、見られちゃったよ！

言い訳を考えていなくて、喋っている途中だったのに。

「……へっ？」

グイッと強引に腕を引かれて、なんでか抱きしめられて、浬世の腕の中でピシッと固まる。

わたしが間抜けな声を出している間に、周りにいる子たちからは「きゃー!!」という悲鳴が教室中に響き渡って。

「……何がフツーの喫茶店だって？」

「う、や……っ、これには事情がいろいろあって……！」

「……ふーん。じゃあ、今からその事情ってやつ、ふたりっきりになれる場所で説明してもらおーか」

周りの視線や騒ぎ声なんてぜんぶ無視して、わたしを教室から連れ出そうとする。

あぁ、わたしどうなっちゃうの。

このまま連れ出されたら、間違いなく午前中は戻ってこられなくなりそう。

そう思った直後。

「待ちなよ」

連れ出される寸前、そんな声が聞こえた。

「小芝さん、午前はシフト入ってるんだよ。抜けられたら困るんだけど」

止めに入ったのは、文化祭の実行委員でもある丹羽（にわ）くん。

「すぐに戻ってくるならいいけど。もうすぐ文化祭始まるし、小芝さんにはいてもらわないと困るから、勝手なことしないでもらえるかな？」

　別にわたしがいなくても困らないような。
　むしろいないほうがいいんじゃ。
「……はぁ。俺いますごく機嫌悪いの」
「神崎くんの機嫌が悪いのと、小芝さんを連れ出すのは関係ないよね？」
「……いや、カンケーあるから」
　ま、まずい……！　浬世の不機嫌度がマックス……。
「それじゃ、どう関係あるのか教えてよ」
　どうしよう……。丹羽くんも全然折れてくれない。
　クラスメイトの視線が、すべてわたしたちに向いてる。
　うぅ、これ以上目立つのは勘弁（かんべん）だよぉ……。
「はぁ……だったら仕方ないね」
　珍しく浬世のほうが折れてくれた——と思ったのは、つかの間で。
　いきなり腕を引かれて、身体のバランスがグラッと崩れたけど、浬世の長い腕が腰に回ってきて。
　グッと抱き寄せられて——唇に一瞬、やわらかさが伝わった。
　同時に、クラス中から廊下まで今日いちばんの悲鳴が響き渡った。
　頭の中はパニックどころか、真っ白。
「……かわいー俺の彼女なんで。他の男には死んでも見せたくないから」
　フッと笑って、もう一度周りに見せつけるように、またキスが落とされた。

「うぅぅぅ……！　浬世のバカああああ!!」
「……うるさいよ依茉ちゃん」
あれから、クラスメイトの注目を散々浴びながら、教室から無理やり連れ出された。
そして、今は人の出入りがない別校舎の空き教室にいる。
「なんで、人前であんなこと……!!」
明日ぜったい女の子たちから袋叩き(ふくろだた)にされちゃうよぉ……。学校休もうかな、仮病(けびょう)使おうかな……。
「……ってかさ、なんで俺が怒られなきゃいけないの？」
「へ……？」
「もとをたどれば、嘘つき依茉ちゃんが悪いんでしょ？」
「うぅ、ちがうの……！　嘘をついたわけじゃなくて、その……っ！」
浬世が近くにあった椅子をガタンと引いて、座ったかと思えば。
わたしの手をつかんで、腰のあたりに浬世の長い腕が回って。
椅子に座っている浬世を見下ろすようなかたち。
「……何この格好。俺なんも聞いてないんだけど」
ワンピースの裾をグイッと引っ張ってくる。
「うっ、だって、似合ってない……から。その、見られるの恥ずかしくて黙ってただけなの……！」
「……よく言うよ。そんなかわいーくせに」
「か、可愛くない……もん」
今もこうして見られているだけで恥ずかしい。

　早く着替えたいし、髪型もどうにかしたい。
「……俺は許可してないよ。そんなかわいー格好するの」
「ぅ、でも……っ」
「……俺以外に見せちゃダメでしょ。依茉のぜんぶ俺のなのに」
　甘い甘いキスが落ちてくる。
　チュッと軽く音を立てて、何度もキスしてくる。
「……嫉妬でおかしくなりそう」
「しっ、と……？」
「依茉のこんなかわいー姿、見たやつ全員抹殺したくなる」
「だ、誰もわたしのことなんて見てないよ……っ？」
「なんで自分の可愛さに疎いの？　世界でいちばんかわいーのに」
「せ、世界は規模が大きすぎだよ」
　そう思ってくれてるのは浬世だけだし。
　わたしより可愛い子なんて、山ほどいるのに。
「……可愛すぎて襲いたくなる」
　またキスして。
　最近気づいたの。浬世ってぜったいキス魔だってこと。
「んっ、……ダメ、だよ」
「……いま俺機嫌悪いから抑えるの無理だよ」
「んんっ……ぅ……」
　逃げようとしたら後頭部に手が回って、全然逃がしてくれない。
　さっきからわざとなのか、唇を軽く吸ってチュッて音を立てる。
「……口、もっと開けて」
「ふ……っ、ぅ……」
　やだやだ、こんなところで。
　さっき鍵はかけたけど、誰か来たらまずいのに。
　少しの抵抗として唇をキュッと結ぶと。
「ん……ひゃぁ……っ」
　唇を舌でぺろっと舐められて、空いている片方の手が太ももをスッと撫でてきた。
「……そのまま口閉じちゃダメだよ」
「ぅ……んっ」
　結んでいた口はあっさり開かれて、ゆっくり舌がスルリと入ってくる。
　甘すぎる刺激に身体が耐えられなくて、同時にすぐに酸素がほしくなる。
「はぁ……やばいね。メイド服めちゃくちゃそそられる」
「ふぇ……っ」
「……理性死にそう」
　またキスばっかり。
　唇を塞いだまま、浬世の器用な手はわたしの身体のいろんなところに触れてくる。
「ぅ……や、だ……、触っちゃやだ……っ」
　キスも触れ方も。
　ぜんぶ、わたしが弱いところを知って攻めてくるのがずるいの……。

　触れてくる手を必死に阻止したら。
「……抵抗されると縛りたくなるね」
　怪しく笑いながらキスをして、ネクタイをシュルッとゆるめるのが見えた。
　キスが少し止まったと思ったら、浬世が笑ったまままわたしの両手首をつかんだ。
「へ……っ？」
　つかんだまま、両手首をくっつけて合わせられて。
　目の前で手首に巻かれる……黒のネクタイ。
　ちょっとの力じゃ全然ほどけない。
「うわ……想像してたよりいいかも。たまんないね」
「や、やだよ、これほどいて……っ」
「それは無理なお願いだね。しばらく縛ってよーか」
　やだやだ、なんで愉しそうなの……！
　人のこと縛って、こんな愉しそうな顔してるのおかしいよ……！
「うぅ、浬世ってぜったい変な趣味もってそう」
「心外(しんがい)だね。依茉のこと可愛がるくらいだよ、俺の趣味」
　ちょっと犯罪チックに聞こえるもん。
「普通の人はこんなふうに縛ったりしない……もん」
「俺が異常だって言いたいの？」
　うわ……笑顔がものすごく黒い……！
　ここで余計なことを言ったら、もっと変なことされそうな予感。
　だから黙る……しかない。

「……何か言いたいことは？」
「ナ、ナイデス……」
「ふっ……いい子だね」
　いつも浬世のいいなり。
　満足そうに笑って、ワンピースのボタンに指をかけてる。
「……せっかくだから、メイドの依茉ちゃんで愉しませてもらおうかな」
「へ……っ、何するの……？」
「……依茉の身体がよろこぶこと」
「ひぇ……っ」
　ボタンが外されたところからスルリと指を入れて、肌に直接触れてくる。
「……キャミソールどーしたの？」
「き、着るの、忘れた……」
「へぇ、そう。んじゃ、このワンピースのボタンぜんぶ外していい？」
「ダメだよ……っ」
　こんな格好で、こんな場所で。
　前みたいに、また誰か来たらどうするの。
「縛られて抵抗できないね」
「うぅ……」
「目隠しとかもしたくなっちゃうね」
「な、なっちゃダメ……っ！」
　浬世の暴走がいつもよりひどい。
　止まってくれないし、ここ学校だってわかってる……!?

　すると、片方の手は腰に回ったまま。
　もう片方の手が、わたしの視界を覆った。
「……目元を覆われると、いろんなところが敏感になるんだって」
　視界が覆われている分、何をされるかわかんないから。
「たとえば……こんなことしたり」
「ひゃぁ……っ、ぅ……」
　首筋をツーッと舐められてゾクッとする。
　そのままどんどん上がってきて、何も言わずに唇を塞がれた。
「んっ、やっ……」
　やだ、なんかいつもと違う。
　浬世の触れてくる手や顔が見えないだけで、いつもの感覚と全然違う。
　いつもは触れるのが目で見えるけど、今は見えないから。
　何が起こるかわからなくて、突然触れたりキスされたりしたらびっくりするくらい身体がビクつく。
「……キスもいつもより気持ちいい？」
「ぅ……ぁ」
　視界を塞がれてるせいで意識がひとつに集中して、いつもと違うキスのように感じちゃう。
「……かわいー。もっとする？」
　その問いかけに首を横にフルフル振る。
「……依茉の身体はもっと欲しがってるのに」
「そんなこと、ない……もん」

なんでか、身体の奥が熱くなってくる。

しだいに力が抜けて、ひとりじゃ立ってることができなくなる。

クラクラして、そのまま目の前にいる浬世のほうに身体をぜんぶあずけるように倒れる。

「……っと。気持ちよすぎて力入んない？」

「ぅ……」

ふたりで文化祭をサボって。

密室で、めちゃくちゃワルイコトしてる。

「……いいお仕置きになったね」

「こ、これやだ……ほどいてほしいの……っ」

「……なんで？」

「だって、これじゃ浬世とギュッてできない……っ」

浬世はわたしのこと抱きしめられるけど、わたしはできないから。

触れたくても触れられないのが、すごくもどかしくなってくるの。

「……無理、死にそう。なんなのその可愛さ」

「うぅ……んっ」

さっきのキスよりもずっと強引。

とっても深くて、長いキス。

キスしてる最中、手首に巻かれたネクタイがシュルッとほどかれる音がした。

「……ほら、これでギュッてできるね？」

「うっ、バカぁ……っ！」

なんて言いながら、すぐに抱きついちゃうわたしってものすごく単純。

結局、午前中はずっと浬世と空き教室で過ごして。

午後から制服に着替えて、ふたりで文化祭を楽しんだ。

翌日はシフトを抜けてしまったことを怒られて、めちゃくちゃ謝ったり、クラスの女の子たちからは質問攻めにあったり……波乱の文化祭はこうして幕(まく)を閉じた。

触れないなんてずるい。

　季節は秋が終わり冬に入った12月のこと。
　とある事件が発生。
　いや、事件と呼んでいいのかレベルなんだけども。
「浬世、朝だよ起きて」
　いつもと何も変わらない朝。
　そう、何も変わらないはずなのに。
「ん……おはよ」
　眠そうな顔をして、身体をグイーッと伸ばしてベッドから起き上がった浬世。
　そのまま横にいるわたしのことなんかフル無視で、ベッドから降りて洗面所へ。
　ここ１週間、ずっとずっと朝から夜までこんな調子。
　前は朝起きたら真っ先に抱きしめてくれて、キスもしてくれたのに。
　夜だって、仕事から帰ってきたらまずギュッてしてくれて、寝るときだって一緒にベッドに入るのに。
　最近は抱きしめてもくれないし、キスもしてくれない。
　ベッドに入るのだってバラバラ。
　今までの浬世がベッタリしすぎっていうのもあって、わたしの感覚が麻痺してるのかな。
　普通のカップルたちは、これくらいの距離が当たり前なのかな。

むしろ、わたしたちは近すぎるくらいだよね。

浬世のあとに続いて、寝室を出て洗面所へ。

先に洗面所に行った浬世が歯を磨(みが)いてる。

わたしが来たことがわかると、少し横にずれてくれる。

なんでかムッとしちゃう。

最近そっけないような気がするから。

「……ふはわないの？」

たぶん、洗面台を使わないのって聞いてる。

今は正直、歯みがきなんてどうでもいいもん。

いや、ちゃんとするけど。

朝からモヤモヤしちゃって、それが抑えきれなくて、後ろから大きな背中にギュッと抱きついた。

「……ほーひたの？」

どーしたの、なんて。

そんなわざとらしく聞かなくてもいいのに。

わたしが抱きついても、歯みがきをシャカシャカ続けて平常運転。

「なんでもない……よ」

ほんとは、なんでもなくないよ。

スッと浬世から離れて、自分の歯ブラシを手に取って、ちょっとやけくそで歯みがき。

そこから、いつもと変わらず身支度をすませて。

ふたりで部屋を出る寸前。

玄関の扉に手をかけたら、カバンを後ろからグイッと引っ張られて動作を止めた。

「な、なに？」

　引っ張ったのは、もちろん浬世。

「なんか依茉ちゃん機嫌悪い？」

　ひょこっと顔を覗き込んで、頬にむにむに触れてくる。

「べ、別に悪くないもん……」

「えー、ぜったい機嫌悪い」

　誰のせいだと思ってるの。

　もとをたどれば浬世が悪いのに。

　だって、わたしが不機嫌になってるのは、浬世が全然触れてくれないから。

　これだと、わたしばっかりが求めて欲しがってるみたいじゃん……！

「……どーしたの、依茉ちゃん」

「なんでもない……っ」

　あぁ、また悪いクセが出ちゃってる。

　強がって素直になれない。

　なんで触れてくれないの寂しいよって、ちゃんと言えたらいいのに。

　自分だけが足りないって感じるのが、いけないことなのかと思っちゃって。

　勝手に落ち込むし、拗ねちゃう……。

「ほーう。それはつまり、依茉が欲求不満になってるということか～」

「そ、そうじゃなくて……!!」

結局、拗ねたわたしが先に部屋を出て、浬世を置いてひとりで学校へ。

着いて早々、未来ちゃんに相談。

……してみたら、なんかよくわかんないこと言われちゃうし！

「だって、神崎くんに触れてもらえなくて、物足りないんでしょー？」

「ぅ、だってまったくだよ……？　前はずっとベッタリだったのに、急に触れなくなるんだもん……」

拗ねちゃうし、不安にもなるよ。

もしかして、わたしに興味がなくなって、他の子のほうがよくなっちゃったの……とか。

「まあ、急にってところが怪しいよねー。もしかして可愛いモデルに夢中になってるとか？」

「うぅぅ、やっぱり……」

「いや、今のはジョーダンね？　神崎くんに限って他の女の子に夢中になるわけないじゃん。はたから見たら異常なくらい依茉のこと溺愛(できあい)してるよ？」

「でもでも、飽きちゃったのかも……」

「いや、ここで断言しとくけど、神崎くんが依茉に飽きるなんて、地球が滅亡(めつぼう)するくらいありえないわ」

「地球滅亡と一緒にしちゃダメだよぉ……」

だったら、もうすぐ滅亡の危機だよ。

飽きられて捨てられちゃうのは、時間の問題かもだし。

「そんなに不安なら、聞いちゃえばいいのに。なんで触れてくれないの？ってさ」

「そんなの恥ずかしくて聞けないよ……」

わたしだけが物足りなく感じてるみたいで。

「とか言って、また悩んで不安になるオチなんだから、早めに聞いとくほうがラクかもよー？」

未来ちゃんの言うとおり。

聞くのがいちばんの解決方法なんだろうけど、やっぱり聞けなくて。

それで結局、いろいろ考え込んで不安を煽るだけなんだろうな……。

そして、あっという間に夜を迎えた。

今日は珍しく撮影がなくて、浬世と一緒に帰ってきたんだけど。

せっかくいつもより一緒にいられる時間が長いから、浮かれていたのに。

甘い雰囲気になるどころか、浬世は帰ってきたらベッドで寝ちゃうし。

これといって、何か特別なことがあったわけでもなく。

夜ごはんとお風呂をすませて。

時間だけが無情(むじょう)にも過ぎていくだけ。

そんなに会話をすることもなく、時計の針は夜の9時過ぎを指していた。

今もふたりでソファに座っているけど、微妙に距離があいてる。

なんだか何もしてないのが嫌でスマホを触るけど、正直つまんない。

なんとなくついているテレビ番組は、この時間帯にやっている恋愛ドラマ。

別に興味ないけど、部屋の中がシーンとしているのが嫌で、テレビだけをつけてる。

浬世は、さっきからスマホに夢中。

……かと思えば、急にテレビのほうを向いた。

「……この子、かわいーね」

一瞬、聞き間違いかと思った。

ううん、聞き間違いであってほしかったのに。

いまたしかに可愛いって言った……？

画面に映るのは、今をときめく清純派女優。

たしか、わたしたちと同じ高校生だけど、いろんなドラマやバラエティに引っ張りだこ。

あぁ、やっぱり。浬世はわたしなんかに飽きちゃってるんだ。

だから、こうやって他の子が可愛く見えて、褒めたりするんだ。

モヤモヤが膨れていくばかり。

わたしってぜったい心狭いし、すぐにヤキモチ焼くし、素直になれないし、全然可愛くない。

こんなのじゃ、飽きられたって仕方ない。

「依茉はこの子すき？」

そんなこと聞かないでよ。

　無神経すぎるよ、バカ……。
　傷口えぐられてる気分だよ。
「別に、すきじゃない、……きらい」
　画面に映る女優さんは何も悪くない。
　ほぼ、あてつけ。
　嫌いでもないし、可愛いなぁって憧(あこが)れている部分もあったけど。
「……もう、今日疲れたから、寝る……ね」
　ほんとは全然眠くないよ。
　むしろ、浬世と一緒にいたいし触れたいのに。
　うまく言葉として出てこないの。
「ん、わかった。おやすみ」
　ほら、冷たい。
　前なら一緒にベッドに入ってくれたのに。
　寝室の扉をバタンッと閉めて、ひとりになったらすごく悲しくなった。
　力なくベッドに倒れ込んで、ギュッと目をつぶる。
「浬世のバカ……」
　空気に呑(の)み込まれそうなくらいの、小さな声。
　結局、浬世がベッドに入ってきたのは、ずっと遅い時間。
　全然眠れなくて寝たふりをしたけど。
　その日も、浬世が触れてくることはなかった。

　そんな生活がまた１週間続いたある日。
　放課後、教室の清掃(せいそう)でゴミ当番が回ってきたので、外に捨てにいったとき。

「あの、彼女がいるのはわかってるけど……！　わたしどうしても諦められないくらい好きで……！」

　偶然通りかかったところで、誰かが告白している場面に遭遇（そうぐう）。

　どうやら告白してる子は、彼女持ちの男の子に告白をしているっぽい。

　盗（ぬす）み聞きなんてよくないし、自分にはカンケーないからスルーしようとしたんだけど。

「……浬世くんのこと、彼女より好きって自信あるの」

　思わず足がピタッと止まった。

　え……、いま浬世の名前が聞こえたような……。

　覗くつもりはなかったのに、気になって物陰（ものかげ）に隠れて声のするほうを見たら。

「彼女より好きな自信……ね」

　やっぱり……浬世がいた。

　あぁ、嫌なところを見ちゃった。

　最近不安になっているのに、それをさらに煽るような目の前の光景。

　前は、浬世が告白されるのは日常茶飯事で、モテるんだから仕方ないと割り切っていた。

　それに、今まではわたしが不安にならないように、浬世がたくさんわたしに気持ちを伝えてくれて、そばにいてくれたから。

「依茉ちゃんと付き合ってるのは知ってるけど……。それでも、どうしても浬世くんに気持ち伝えたくて」

浬世はなんて答えるんだろう。

聞くのが怖くなってくる。

今はわたしが浬世の彼女だけど。

いつか、他の子を彼女にしちゃうんじゃないかって。

「もし付き合ってくれたら、なんでもするから……！　いい彼女になる自信もあるの」

ここで、浬世の彼女はわたしだからって、言えたらいいのに。

先の言葉を聞くのが嫌になって、その場から走り出していた。

「ん……」

気づいたら部屋で眠っていた。

あれから急いで学校を出て、部屋に閉じこもった。

部屋に入った途端、膝から崩れ落ちて地面に座り込んで泣いてしまった。

どれだけ泣いても、涙が止まらなくて。

気づいたら泣き疲れて、ベッドで眠っていた。

電気もつけずにいたから真っ暗。

かなりの時間、寝ていたことになる。

手探りでスマホを探して、時間を確認したら夜の7時前。

散々泣いちゃったせいで、まぶたが重いし、スマホの光のせいで目が痛い。

今日、浬世は仕事……だっけ。

まだ帰ってきてないみたいだからよかった。

こんな泣いてるところ見られたくないし……。

浬世が帰ってくる前に、腫れた目を少し冷やしておかないと……って、身体を起こした直後。

「……依茉？」

寝室の扉がガチャリと開いて――浬世の声がした。

う、うそ。タイミング悪すぎない……？

とっさに起き上がるのをやめて、再びベッドに身体を倒した。

「……もう寝てるの？」

声がさっきより近づいてきてる。

どうしよう……。このまま電気をつけられて、近くで顔を見られたら泣いていたのがバレちゃう。

寝たふりは無理そうだから。

「ね、寝てる……っ。気分、悪いから」

テキトーな言い訳。

なんでかまた泣きそうになるし、声がわずかに震えてしまった。

でもどうせ、わたしのことなんてもう興味なくて、どうでもいいだろうから「ふーん、そっか」で終わると思ったのに。

「……どーしたの、依茉ちゃん」

ギシッとベッドが軋む音がして、後ろからだいすきな温もりに包み込まれた。

ずるいよ、今までまったく触れてこなかったくせに、急に優しくするなんて。

「なんでも、ない……っ」

「嘘つかないの。なんで泣いてるの？」

「っ……」

顔見てないのに。

なんで泣いてるってわかっちゃうの……？

「どーしたの、ちゃんと教えて」

「や、やだ……っ。何も言いたくない……。もう浬世なんか嫌い、あっちいってよ……っ」

優しく聞いてくれたのに、強がってばかりで思ってないことが出てきて可愛くない。

こんな態度に呆れるかと思ったのに。

「……嫌いなんて言わないでよ。俺、依茉に嫌われたら生きてけないよ」

ぜったい離さないって、抱きしめる力をギュッと強くされた。

ここ最近、冷たく突き放したのはそっちなのに。

こうやって甘く引き寄せてくるの、ずるいよ。

「なんで、そんなこと言うの……っ。もうわたしのことなんて、どうでもいいくせに……っ」

「……どーしてそんなふうに思うの？」

涙がまたポロポロ落ちてきて、感情のブレーキがうまくきかなくなってきた。

「だって……ここ最近ずっとわたしに触れてくれない、から……っ。前はたくさんギュッてして、キスもしてくれたのに……っ」
　恥ずかしいとか、そういう感情はどこかにいって、今まで思っていたことが止まらずに出てきちゃう。
「この前も、テレビに出てた女優さんのこと可愛いって言ってたから……。わたしのこと興味なくなって、飽きちゃったのかなって、不安ばっかり……っ」
　言ってること、ぐちゃぐちゃ。
　でも、うまく止められなくて。
「それに、今日……告白されてるところも見た……。わたしのほうが、浬世のこと好きなのに……っ」
　さっきまで、浬世のこと嫌いなんて言っていたくせに、好きとか言っちゃってる矛盾。
「わたしのこと嫌いなら、ちゃんと言って……っ。言ってくれなきゃわかんない……」
　そんなことストレートに言われたら、それこそ立ち直れなくなっちゃうけど。
　すると、いきなり身体をくるりと回されて、浬世と向き合うかたちになった。
「……まさか泣かれちゃうとは想定外。ごめんね、不安な思いさせて」
　とびきり優しいキスが落ちてきた。
「……俺に触れてもらえなくて寂しかった？」
「うぅ、さびしかった……っ」
「……そっか。ちょっとやりすぎたね、ごめんね」
「やりすぎた……って？」

「……たまには依茉のほうから、俺に触れたいとか思ってくれたらいいのにって。だから、ちょっとの間、俺から触れるのやめてみたんだけど」
まさか、ぜんぶわざと……？
だったら、まんまと浬世の思い通りになったってこと？
「……あわよくば、依茉のほうから求めてくれたらいいのにとか思ったけど。ここまで不安にさせてたなら俺が悪いね、ごめんね」
「うぅ、何それ……っ、ひどいよ。てっきり飽きられたと思ったのに……っ」
「……ほんとは触れたいのに、死ぬ気で我慢したんだから」
「そんなふうに見えなかったもん……」
わたしに触れなくても、フツーにいつもと変わらず平常運転だったくせに。
「……ほんとは、依茉からの可愛いおねだり期待してたんだけどね」
なんだか、わたしばっかり振り回されてすごく悔しい。
ちょっとは浬世にも困った顔してほしい、余裕をなくしてほしい。
いつもはぜったいしないけど。
気づいたら両手をベッドについて、浬世の上に覆いかぶさっていた。
「……依茉？」
まさかの行動に浬世が目をまん丸に見開いて、こっちを見てる。

　ど、どうしよう……。
　勢いにまかせて覆いかぶさったのはいいけど、ここから先、何したらいいのかわかんない……。
　今わたしぜったい、おろおろした顔してる。
　すると、浬世の手がスッとわたしの髪に触れて。
「……いきなりこんなことするなんて大胆じゃん」
　余裕さを含みながら、サイドに流れる髪を、すくいあげるように耳にかけてくる。
　あぁ、こうやっていつも形勢逆転しちゃう。
　どうしたら、その余裕そうな顔を崩せるの？
「ねぇ、依茉――」
「もっと……触ってくれなきゃ、やだ……っ」
　一瞬だけ恥ずかしさがどこかに飛んで、自ら唇を重ねた。
　いつも浬世がしてくれるのを思い出して、少しだけ唇を動かすけど。
　ここから何もわかんなくて。
　ただ息を止めて、固まっちゃうだけ。
　少し苦しくなって、わずかに唇を離したら。
「……この先はどーするんだっけ、依茉ちゃん？」
　イジワルな聞き方。
　やっぱり、いつだって浬世のほうが主導権を握ってるのは変わらない。
　だったら、それに甘えちゃえば……。
「浬世が、してくれなきゃ……やだ……っ」
　その言葉を待ってたと言わんばかりの顔をして、軽く一度キスを落として。

「……んじゃ、ちゃんと覚えるんだよ、俺とのキス」

「ぅ……んっ」

「……ずっと触れるの我慢してたんだから、覚悟しなよ」

　数えきれないくらいの甘いキス。

　でもね──こうやって浬世がしてくれる甘いキス、嫌いじゃないよ……って、胸の中で思ってるのはヒミツ。

まさかの相手役なんて。

　もう気づけば12月が終わり、1月に突入したある日。
「今度さ、こーゆーシーン撮ることになった」
「へ……ふへ!?」
　突然バサッと渡された雑誌には、上半身裸の男の人と、なかなか際どい……キャミソール姿の女の人が。
　今こういうシーン撮るって言ったよね？
　え、えっ……!?　こんなはだけた姿で女の人と密着して撮影するってこと……!?
「あー、出た。依茉お決まりの拗ね顔」
「うぅ……」
　浬世はモデルの世界で頑張るんだから、こういう撮影だってこれから先あるっていうのは、覚悟しなきゃだし。
　それに、これくらいでヤキモチ焼いていたら、彼女なんてつとまらない。
　狭すぎる心と、嫌なことはすぐ顔に出てしまう悪い癖。
　というか、相手役の子がめちゃくちゃ気になる……。
「相手役の子、まだ決まってないんだって」
「うぅ……ぜったい可愛い子……じゃん」
「うん。俺かわいー子とシゴトしたい」
「っ!?」
　えっ、今のは彼氏らしからぬ発言では!?
　仮にも彼女の前でそんなこと言う!?

　めちゃくちゃグサッときたよぉ……。
「ひどいよ」
「何が？」
「やっぱり可愛い子がお目当てなんじゃん」
「うん、かわいー子すき」
「うぅ、バカバカ……っ。いいもん、どうせわたしは可愛くないもん」
「だから相手役さ、依茉がやってよ」
「……え??」
　ん？　んんん？
　えっ、今さらっと、とんでもないこと言わなかった??
「俺が可愛いと思うのは依茉だけだから」
　頬を両手で包まれて、グッと顔を近づけてくる。
「ほら、こーやって。撮影の本番はこんな感じ」
「やっ、ちょ、ちょっと待って……っ。わたしモデルじゃないし、撮影とかしたことないし」
　そもそも大人たちの許可がおりないんじゃ。
　こんなド素人使えないよとか言われるオチだよ。
　それに、事務所の社長さんが黙ってないでしょ？　ついこの前まで恋愛禁止とか言ってたくらいだし。
「依茉かわいーから大丈夫じゃない？」
　え、いや、テキトーすぎない？
　というか、浬世と並んだら劣るし、迷惑かけるし、顔にドロ塗っちゃうよ。
「依茉が相手じゃないと撮影受けないって言ったら、オーケーしてもらえそうだけど」
「こ、断るって選択肢はないの？」
「田城がどうしても引き受けてほしいって言うから」
なんだって田城さん……。
「もし依茉が無理だっていうなら、他の子あてられちゃうけど」
やるよね？って顔で見てくる。
そんなこんなで結局断れず……。

数日後の放課後、田城さんがいつもどおり車で迎えに来てくれてスタジオに向かうことに……。
「いやー、相手役に依茉ちゃん指名するなんて、やるじゃん？　これで撮影がうまくいったら、社長もなんも言えなくなるよなー？」
「でしょ？　そこらへんにいるモデルよりウルトラスーパー級にかわいーから」
やめてよやめてよ、ウルトラもスーパーもいらないから……!!
「ははっ、相変わらずベタ惚れだな。依茉ちゃんも大変だねー。まあ、そんな難しい撮影じゃないし、浬世がリードしてくれるから安心するといいよ」
「えっと、ほんとにわたしで大丈夫なんですか……？」
これで雑誌が売れなくて、責任取れとか言われても無理だよ？
「んー、大丈夫でしょ。依茉ちゃん可愛いし。いちおう偉い人の許可もらってるから」
　偉い人も田城さんもテキトーすぎだよ……。

　スタジオに到着して、ここで浬世と一度別れることに。
「んじゃ、あとはメイクさんとか衣装さんがいろいろやってくれるからー。依茉ちゃんは言うとおりに動いてくれたら大丈夫だからねー」
「えっ、田城さんも行っちゃうんですか!?」
　まさかの、ひとりでここに置いてけぼりにされるの!?
「んー、まあ俺いちおう浬世のマネージャーだからね。打ち合わせとかもあるし」
　そりゃ、お仕事だから仕方ないのはわかるけど。
　こんなド素人をひとりで置いていくなんて。
「まあ、ファイトだよ依茉ちゃん。カメラマンさんびっくりさせちゃうくらい、可愛さ発揮すれば大丈夫だから～」
　カメラマンさんある意味びっくりだよ。
　どこにでもいるフツーの女子高生が、なんでこんなところに紛(まぎ)れてるのって。
　個室に取り残されて、しばらくしたらメイクさんと思われる女の人が入ってきた。
「わぁ、こんにちは～！」
　見た目すごく派手な感じだけど、喋ってる雰囲気はすごく気さくで話しやすそう。
「えっと、こんにちは」
「今日はよろしくね～。浬世くんが珍しく女の子と撮影するって聞いて、どんな子かワクワクしてたの〜」
「あ、あはは……。すみません、ワクワク度をかなり落としてしまって」
「えぇ、何言ってるの〜。すっごく可愛いのに。さっき田城さんから聞いたけど、お名前依茉ちゃんでよかったよね？」
「あ、は、はい」
「そんな緊張しないでね？　メイクしてるときはリラックスしてくれて大丈夫だから〜。それじゃ、ここに座ってね」
「あ、えっと、よろしくお願いします」
　メイクでどこまで可愛くなれるかわかんないけど、とりあえず少しでもマシになるように願うしかない。
「依茉ちゃんは普段メイクするの？」
「え、あっ、それが全然したことなくて」
「えぇ、そうなんだ〜。じゃあ、今スッピンの状態？」
「うっ、お恥ずかしながら何もしてないです」
　しまったぁ……。せめてリップくらい塗っておけばよかった。スッピンおばけのまま来ちゃったよ。
「スッピンでこんなに可愛い子めったにいないよ〜。お肌もすごくきれいだし、さすが女子高生だね〜若い若い！」
「うっ、そんなそんな……！」
　顔にシュッと何かかけられて、ふわっとお花のいい匂いがする。
　ふとテーブルのそばを見たら、加湿器（かしつき）とかあるし。
　はぁ、これがモデルさんの住む世界……。

それからサクサクとメイクが進められて、わたしは目の前の鏡に映る自分の変化を見ているだけ。
「今回の撮影ちょっと大人っぽい感じだから、全体的に少しメイク濃くしてるからね。リップとかも少し派手な色にしよっか」
普段ならぜったいつけない真っ赤なリップ。
アイメイクは大人っぽくブラウンでまとめて。
まつ毛はしっかりビューラーであげてもらって、おまけにネイルまでしてもらった。
「パウダーは軽くでいいかな。依茉ちゃんもとの肌がきれいだし～」
それから髪もしっかりアイロンで巻いてもらった。
いつも前髪は横に流さないけど、今回は大人っぽくということで、横に流して編みこみをしてもらった。
「わぁぁぁ、めちゃんこ可愛いよ～!!　えぇ、ほんとに可愛い～!!　可愛いしか出てこないよ！」
「そ、そんな……っ」
「せっかく可愛いんだから、もっとにこにこ笑ってごらん！」
「うぅ……」
「まあ、そうやって恥ずかしがってる表情もすごく可愛いから、これはこれでオーケー出そうな気もするけど！　それじゃ、あとは衣装に着替えてもらうからね～」
制服からキャミソールの衣装にチェンジ。
薄いピンクの透け感のあるもので、胸元にはリボンがあって。

それに同じ色味の上を羽織って、下はすごく短いズボン。

「身体冷えちゃうから、撮影が始まるまではこれ着てて大丈夫だからねー？」

と言われて、温かい上着を貸してもらった。

うっ、もっと痩せておけばよかった……。

なんて後悔しても時すでに遅し。

もう後戻りできないところまできてしまい、そのままスタジオに案内された。

「小芝依茉ちゃん入りまーす!!」

うっ、やめてやめて……！

そんなモデルさんみたいに呼ばないで……!!

その声を聞いた瞬間、いろんな人の視線が一気にこっちに集まってくる。

ま、周りの人たちすごく驚いてるし、ヒソヒソ何か話してるし……。

うぅ、なんだろう、何を言われてるんだろう。

スタジオの真ん中に置かれている少し大きなソファに座って待つように言われたので、さっきまで着ていた上着を脱いで、座って待っていると。

「おぉ〜依茉ちゃん！　めちゃくちゃいい感じに仕上がってるじゃん〜!!」

「うぇ、あっ、田城さん」

打ち合わせを終えた田城さんが、スタジオに入ってきた。

「今さ、スタジオ入る前にスタッフみんなが噂してたてさ〜。

すごい可愛いモデルの子がいるって」

「す、すごい可愛いモデル……」

「それ依茉ちゃんのことだからね？　いやー、さすがだよ。よかったらうちの事務所入らない？」

「い、いえ……遠慮しておきます」

　みんなお世辞でそう言ってくれてるだけだよぉ……。

「えー、結構本気でスカウトしてるのに。いつもの可愛い依茉ちゃんから、一気に大人っぽさが増していい感じじゃん。浬世が見たらびっくりするだろうな。反応が楽しみだねー」

　そんな会話をしていたら。

「神崎浬世くん入りまーす!!」

　スタッフさんのそんな声が聞こえてドキリとした。

　うわ、どうしよう。

　焦る気持ちと同時に、浬世を見たら圧倒された。

　いつもと違って——ずっとずっと大人っぽい。

　雰囲気を変えて前髪を上げて、シャツがはだけて、ものすごく色気(いろけ)がある。

　えっ、えっ、レベルが高すぎて、せっかくメイクしてもらったのに差が激しくて……！

　今すぐここから逃げ出したいよぉ……っ。

　なんなら、いつもの浬世みたいに、スタジオが吹っ飛んでくれたらいいのにとか、よからぬことを考えてしまう。

「……依茉？　なんで下向いてるの」

「ぅ、あ……うっ……」

　下から顔を覗き込まれて、びっくりした拍子に変な言葉を発してばかり。
「……うわ、めちゃくちゃかわいーじゃん」
「やっ、恥ずかしい……っ」
　自分の格好を見られるだけで無理だし、何より見慣れない浬世を目の前にして、心臓のドキドキは最高潮。
「……こっち向いて？」
「ぅ、向けない……っ。ドキドキして死んじゃう……っ」
　まだ撮影は始まっていないのに、浬世がフッと笑って、わたしの両頬を包み込んで顔を上げさせた。
「……いつもより大人っぽいじゃん。普段の依茉も可愛らしくて好きだけど、こっちの大人っぽい依茉も可愛いし、色っぽいじゃん。誰にも見せたくないね」
「ぅ、ぅ……」
　さっきからうなってばかり。
　日本語をちゃんと喋りなさいって。
「ふたりともすごく雰囲気いいねー！　このまま撮影始めちゃうね～！」
　えっ、えっ、そんないきなり!?
　パシャッとシャッターが切られる音がする。
「……どーしよっか。こんなにかわいー依茉を他のやつに見られるのやだね」
　シャッターが切られる中、浬世が余裕そうに話しながら触れてくる。
　頬を優しく撫でたり、顔を近づけたり。

わたしは何もできなくて、ぜんぶ浬世にされるがまま。

表情なんて作ることできないし、ぜったいカメラマンさんから不満の声が出てくるかと思ったのに。

「依茉ちゃんその顔いいね～!!　もっと浬世くんのことしっかり見てみようか～！」

えぇ、どういうことなの……!?

もうわかんないよぉ……っ。

「ほら、依茉。俺のほうちゃんと見て」

「っ……ぅ」

ソファに両手をついて、少し顎を引いて遠慮気味に浬世のことを見つめる。

浬世は相変わらず余裕そうな顔をして、身体を少しわたしのほうに近づける。正面でお互いの視線が絡み合った。

恥ずかしさで顔から火が出そう……っ。

「浬世くんもいつもより表情すごくいいね～！　もっとふたりとも近づいてみようか！」

ど、どどどうしよう……っ。

みんなの前でこれ以上近づくなんて、わたしの心臓がそのうち誤作動を起こして壊れちゃうんじゃ。

「……ほら、もっと近づいてだって」

「ぬぅ……っ」

わたしの腕を強く引いて、そのまま浬世が座ってる上に覆いかぶさってる体勢。

周りが何やらザワザワしてる。

「おぉ、いいね～!!　そのまま依茉ちゃんが浬世くんの首に腕とか絡めてみようか〜」
「え、あっ……え……」
　もはやパニックを通り越してる。
　ロボットみたいに動きがガチガチ。
「……ちゃんと指示通りやらないとね」
「う、うまくできない……っ」
「簡単だって。ほら、いつも甘えるみたいに抱きついてみなよ」
「あ、甘えてない、もん……」
　やだやだ、今そんなこと言わないでよ。
「そんなに緊張するなら、ほぐしてあげよーか」
「へ……っ」
　ほ、ほぐすって、この状況でどうやって――なんて考えている間に、浬世の顔がどんどん近づいてきて。
　周りから「おぉぉぉ〜!!」なんて声が聞こえたと同時。
「……せっかくだから、こういうシーンもありだよね」
　ニッとイジワルそうに笑いながら――唇にキスが落とされた。
　一瞬、何が起こってるのかわかんなくて。
　でも、唇に伝わってくる熱とやわらかさが、いつもしてるキスと同じ感覚で。
　な、なんで、こんなときにキスなんか……！
　いろんな人が見てる前で……!!
　もう恥ずかしいって言葉じゃ片付けられないくらい、頭の中が大パニック。

しかも、キスしてる間もシャッターの音が止まることはなく……。

撮影が終わった頃には、魂が抜けちゃってるんじゃないかってくらい、疲れてヘトヘト。

「ほら見てごらんよ、依茉ちゃんの表情すごくいいよ～！浬世くんもいつもより生き生きして楽しそうだね～！」

撮影データがあがったみたいで、ものすごく恥ずかしいけど、データを浬世と田城さんとカメラマンさんとチェックをしてる。

わたしは、もはや画面に映る自分を見るのが無理すぎて、両手で顔を覆って、パソコンを見ないようにしてる。

「いやー、それにしてもふたりのキスにはびっくりしたよ。ほんとはこれ使いたいけど、高校生にしてはちょっと刺激が強すぎるから、今回は断念かなー」

みんなが読むような雑誌でキスしてるところを載せられるなんて無理だから、ボツになってよかった。

「えー、せっかくならそれ採用してくださいよ。俺の依茉って見せつけてやれば、寄ってくる男もいないだろうし」

「ははっ、浬世くんは依茉ちゃんのこと、ほんとにだいすきなんだね～」

「まあ、死ぬほど可愛くて愛おしいんで。本音を言うなら今回の撮影データぜんぶもらって、俺だけのものにしたいくらいですよ」

「それは困るな～。そうなったら別のモデルの子を用意して、また撮影やり直しだよー？」

「うわー……めんどくさい」
「だったら、依茉ちゃんとの撮影データ使うしかないよね？」
　カメラマンさんにうまく言いくるめられているような。
　というか、ほんとにこれが雑誌に載っちゃうなんて恐ろしい……。
　なんとか顔だけでもカットとかしてもらえないのかなぁ……。
「ってか、もとをたどれば、浬世くんのリクエストだったからね？　相手役は依茉ちゃんがいいって言うから」
　た、たしかに。
「ん一……まあ、そうですけど。まさか依茉がこんなに可愛い顔するとは思ってなくて。予想外だったんですよね。いや、普段もかわいーですけど」
「おいおい、めちゃくちゃ惚気るじゃん！　ほんと依茉ちゃんパワーすごいな」
　田城さんのツッコミがすぐに入る。
「俺、依茉いないと死ぬし」
「まさに生きる源（みなもと）だな」
　こうして波乱の撮影はなんとか終了した。

甘えたがりで独占したがる。

あれから田城さんに車でマンションまで送ってもらい、やっと帰ってきたところ。

「はぁ……。なんかすごく疲れたような気がするよ……」

「依茉ずっと緊張してたもんね」

疲れすぎて、部屋に入ったら真っ先にソファの上にドサッと力なく倒れた。

浬世はいつもこんなことしてるんだって思うと、毎回きちんとこなしてるのすごいなって。

体験してみて、あらためて浬世のすごさを知った。

「うぅ、もう思い出したくない……」

「……なんで？　いい顔してたのに」

クッションに顔を埋めて、さっきまでの撮影のことを忘れたくて頭をブンブン横に振る。

「……それに、これ。もらえてよかったじゃん」

「使い道ないよ……」

今回撮影で使った衣装……キャミソールのセットをもらってしまった。

こんなの家で着ることないのに。

だから、いりませんって断ったら、なんでか浬世が「いや、いるでしょ。需要(じゅよう)あるからもらっておきなよ」と言って、受け取る羽目(はめ)に。

「……あるじゃん。俺の前だけで着てよ」

「やだよ、恥ずかしいもん……」
「……俺だけに見せてほしいのに」
　ずるい誘惑。そんなのに騙(だま)されて、ころっと着たりしないんだから……！
　……と、抵抗したはずだったのに。
　完全に浬世の策略(さくりゃく)にはまってしまった。
　あれからお風呂に入って、いま上がったところで着替えも一緒に持ってきたはずなのに。
「な、何これ……！　すり替えられてる……」
　たしかにワンピースの部屋着を持ってきたはずなのに、見事にそれだけがなくなっていて、代わりに撮影で着ていたキャミソールのセットたちが置かれていた。
　うっ、ぜったい浬世の仕業だ……！
　取り返しにいきたいところだけど、下着姿でうろうろするわけにもいかないし。
「ちょ、ちょっと浬世……っ！」
　結局、着るものがなかったので、仕方なくキャミソールと上を羽織ってズボンもはいて。
　プンプン怒りながらリビングに行ったら、なーんにも悪(わる)気(ぎ)がなさそうに。
「……へぇ。俺のために着てくれたんだ？」
「ち、ちがぁう！」
　すり替えた犯人のくせに……！
「ほら、こっちおいで。可愛がってあげるから」
「なっ、ぅ……」

　手招きされて、言われるがまま近づいちゃうわたしって、言ってることとやってることが矛盾してる。
「……この格好めちゃくちゃいーよね、そそられる」
「ぅ……、着替え……返してよ……っ」
「着替え？　なんのこと？」
「とぼけないで……！」
　どうやら返す気はさらさらなさそう。
「いーじゃん。大胆でエロいし」
「うぅ、やだやだ……っ。見ないで」
　指で首筋のあたりをツーッとなぞってくる。
「……そーいえば、キスマーク消えちゃってるね」
　鎖骨のあたりを指でトントン触れてくる。
「……ちゃんとつけておかないとね。かわいー依茉は俺のだって」
「ん……」
　ソファに身体を倒されて、首筋のあたりに軽くキスを落としてくる。
「……ちょっと痛いかもね」
　慣らすようにキスを何度もされて、そのあと軽く吸われてチクリと痛かった。
「……ふっ、顔真っ赤」
　顔全体に熱が広がっているせい。
　悲しくもないのに、涙がジワリと出てくるのはなんで……っ？
「……涙目もいいよね」

愉しそうに口角を上げて笑いながら、優しく指で涙を拭ってくれる。

「依茉ってさ、無意識に誘うような顔してるからずるいね」

「誘う……って？」

「……こーゆーことするって」

「ふぇ……っ、ん」

唇にキスが落ちてきたと同時に、器用な手が身体をなぞってくる。

キャミソールの胸元のリボンがシュルッとほどかれる音がして、羽織っていたものを脱がされて。

「……はぁ、やばいね。俺の理性たぶん死ぬ気がする」

「……っ？」

いつもより余裕がなさそうにキスをしてくる。

甘くて、頭の芯まで溶けちゃいそうで、ジーンとしてる変な感覚。

しだいに息が苦しくなって……でも、その苦しさすらもなんでか気持ちよくて。

「……キス、うまくなったね」

「ぅ……っ」

浬世が求めてきたら、それに応えたくて。

何より、さっきまで恥ずかしがっていた自分が、どこかにいってしまったのがいちばん怖いの。

最近のわたし、ぜったいおかしい。

浬世とキスしたり触れたりすると、もっとしてほしいとか思っちゃう……から。

たぶん、ほぼ無意識。

キスしてるとき、浬世の首筋に腕を回してた。

「……っ、それはずるいよ、依茉ちゃん」

それに気づいた浬世が表情を歪めた。

そして、最後に一度軽くキスをして唇を離した。

「なんで、キスやめちゃう……の？」

これじゃ、わたしがものすごく欲しがってるみたい。

「んー……。俺もね、キスしたいし触れたいよ。でも、そろそろブレーキきかないから」

「なんのブレーキ……？」

「……そこは聞かないところだよ、依茉ちゃん」

「わかんない、もん……っ」

浬世は困った顔をして、頭を抱えた。

「依茉は俺が男だってわかってる？」

「わかってるよ」

「だったら煽っちゃダメでしょ。こっちは理性保つのに必死なんだから」

甘い雰囲気から一変。

身体を起こして、わたしから距離を取った。

「……やだ、離れちゃダメ」

とっさに浬世の身体にギュッと抱きついた。

「依茉は俺のことどうしたいの、殺す気なの？」

「えっ、そんなつもりはないんだけど……っ」

「まあ、俺がこの格好させてるのも悪いんだけどさ。今日に限って依茉ちゃんが従順だから困っちゃうね」

「まだ、浬世と離れたくない……の」
　思ったことを素直に言ってみたら。
　浬世が少しの間、何かを考えるように黙り込んだ。
　かと思えば。
「それはさ……襲っていいってこと？」
「へ……っ？」
「散々煽った依茉が悪いから」
　ふわっと抱き上げられて、床から身体が浮いた。
「……ベッド、いこーか」
　何がどうなってるのかわかんなくて、何も言えないまま寝室へ。
　ベッドの上におろされて、そのまま肩をトンッと軽く押されて身体が沈んだ。
　後ろにはベッドのやわらかい感触。
　真上には覆いかぶさってくる浬世がいる。
「ねぇ、依茉ちゃん。俺そろそろ我慢の限界」
「がまん……？」
「依茉に触れたくて死にそうなの」
「いつも触れてる……よ？」
「そーゆーことじゃなくてさ。依茉はキスより先とか考えたことある？」
　キスより先……？
　いろいろグルグル考えてみて、なんとなく……わかるような気がする。
「浬世は、したいの……？」

　ストレートに聞いてみたら、目を見開いてわたしのことを見てる。
「そりゃ……。したくないって言ったら嘘になるけど」
　頭をガシガシかきながら、困り果ててる。
「じゃ、じゃあ……、してもいいよ……っ」
「……は？　いや、依茉ちゃん何言ってるの」
「だって、浬世がしたいって言うから」
「いや……そこは拒否ってよ」
「えぇ……っ」
　なんなの、今日の浬世よくわかんない。
　暴走したり、急に我に返ったように止まったり。
「……キスなんかよりずっと恥ずかしいし、痛いかもしれないよ」
「え、痛い……の？」
「……そりゃね。依茉の身体に負担かかることするから」
「い、痛いのは……やだ」
「うん。だから、簡単に誘うようなこと言っちゃダメでしょ？」
「でも、浬世に触れてもらえないのも、やだ……っ」
「……なんなの、そのわがまま」
「わがままばっかりで怒った……？」
「……まさか。むしろ、なんでも聞いてあげたくなるよ」
　だいぶ余裕がなさそうだけど、優しく触れるだけのキスをしてくれた。
　いつもならもっとたくさんしてくれるのに、すぐに離れていっちゃう。

これで物足りなく感じちゃうのおかしいかな……？

「りせ……っ」

「ん？」

「キス、もっと……っ」

「……っ、どこでそんなかわいーの覚えてきたの」

今はね、わたしが浬世のこと振り回してるよ。

いつもは逆だけど、今日はわたしのほうが余裕あるような気がするの。

でも、それは一瞬ですべてひっくり返されちゃう。

「……はぁ、もうどーなっても知らないからね。痛がっても泣いてもやめれる自信ないよ」

「い、痛くしないで……っ」

「……なるべく優しくするけど。依茉のかわいー声聞いたらどうなるかわかんないね」

浬世はそう言ったけど。

ちゃんとわたしのペースに合わせて、不安にならないようにたくさんキスをしてくれて。

身体に触れてくる手も、ぜんぶが優しくて。

「ぅ……りせ……っ」

不安になって涙目になったら、すぐにそれを拭うような甘いキスを何度もしてくれる。

とことん優しくて、甘やかしてくれて。

「……はぁ、やばいね。うまく抑えきかないかも」

「ぅ……っん」

触れてくるたびに、自分のものとは思えない甘ったるい声が漏れる。

「声、我慢しなくていいよ。依茉のかわいー声たくさん聞かせて」

甘い刺激と熱と……少しの痛みと──。

今まで感じたことないものに、すべてのみこまれそうになる。

やがて意識がどんどん遠くなって、手放してしまいそうになる寸前──。

「……ずっと、俺だけの依茉でいて」

そのままグラッと落ちていった──。

「……おはよ」

気づいたら意識が飛んでいて、朝になっていた。

わたしより先に涅世が起きていることは、ほとんどないのに。

「ぅ、あ……おは、よう……」

「なに、急にそんな恥ずかしそうにして」

「や、だってだって……っ」

昨日の夜のことを思い出したら、平常心じゃいられない。

すぐさま布団を頭からガバッとかぶって顔を隠す。

「えーま。隠れてないで顔見せて」

「うぅ、恥ずかしくて死にそう……っ」

「昨日もっと恥ずかしいことしてたくせに」

「言わないで……！」

すると、腰のあたりに腕を回して、ギュッと抱きしめて聞いてきた。

「……身体とか平気？」

急に優しく聞いてくるからずるい。

「へ、平気……っ。浬世が優しくしてくれた、から……っ」

ひょこっと顔を半分だけ布団から出して言ってみる。

「……優しくできたかわかんないけど」

「や、優しかったよ……っ」

「依茉はものすごく可愛かったよ」

「うぅ、もう忘れて……っ」

また布団の中に隠れたくなって、頭からかぶろうとしたけど。

「……ダメでしょ。依茉のかわいー顔見せて」

「うっ、や……っ」

抵抗虚しく、顔を覆っていた布団をバサッとどかされてしまった。

「……まだキスしてないもんね。いっかいだけしよっか」

チュッと触れるだけのキス。

「いっかい、だけ……なの？」

「はぁ……なんなの、恥ずかしがったり煽ったり。それ無意識？」

今度は噛みつくような強引なキス。

「浬世のこと……もっと欲しくなっちゃった……の」

自分でも恥ずかしがったり大胆になったり、よくわかんないの。

「……あーもうダメだって。もっかい抱かせて」
「へ……ひゃっ……」
「……今度は意識飛ばしたら首噛むよ」
　甘いささやきが耳元で聞こえて、昨日みたいに大人なキスをたくさんして。
「うぅ、りせ……っ」
「ん？」
「すき、ずっとだいすき……っ」
「……それ反則だって。俺の心臓止める気……？」
　きっと、こんなに好きになれるのは浬世しかいないの。
　そう思えるくらい、浬世でいっぱい。
「俺も好きだよ、依茉」
　その好きは、いつまでもわたし限定にしてね。

＊End＊

書き下ろし番外編

たのしみは甘い夜に。

　春休みに入ったある日のこと。
「ねー、依茉。今度さ、旅行しようよ」
「んえ？」
　いつもと変わらず浬世と過ごす毎日。
　ソファで隣に座っている浬世が、甘えるようにわたしの肩に頭をコツンと乗せてくる。
　えっ、というか、すごく自然に旅行ってワードが聞こえたんだけど！
「田城が、せっかくの春休みだから依茉と旅行でもしてくればって、２日間オフにしてくれたから」
　どうやら聞き間違いとかじゃなくて、ほんとに旅行に誘ってくれているみたい。
　突然の提案にびっくり。
「着物とかレンタルして古い街並み散策（さんさく）したり、神社（じんじゃ）に行ったりしようかと思って」
　普段の浬世は何をするにも面倒くさいって言って、自分から行動したり計画を立てたりすることが苦手なのに。
「浬世がプラン考えてくれたの？」
「まあね」
　意外って言ったら怒られるかな。
　だって、そもそも浬世から旅行しようなんて誘ってもらえるとは思ってなかったから。

　おまけに旅先でのプランまで考えてくれているなんて。
「えっと、それって日帰り？」
「まさか。泊まりに決まってんじゃん」
「お泊まり……」
　それって、つまり同じ部屋に泊まるってこと……？
　うわぁ……なんか難易度高くないかな……!?
「依茉ちゃん？　なに恥ずかしがってんのかな？」
「うぅ……だってぇ……」
「いつも同じベッドで寝てんだから、いーじゃん」
「で、でも旅行とか一緒に行くの初めてだし、同じ部屋に泊まるなんて……っ」
「何を今さら恥ずかしがってんの」
「お、乙女心はいろいろ複雑なの……っ！」
　普段からこうして同じ部屋で過ごして毎日一緒に寝てるけど、旅行先でお泊まりってなったら、いろいろ考えて緊張しちゃうもの。
「ってか、もう予約したから拒否権ないよ」
「えぇ!?」
「依茉のかわいー着物姿たのしみにしてるよ」
　こうして、なかば強引に１泊２日で旅行をすることに。

「わぁ、すごい人……！」
　迎えた当日。
　朝、いつもより早起きして、電車に乗って目的地に到着。
　行く前は、ドキドキしてどうしよう！なんて慌てていたけど、目的地に着いちゃえばテンションが上がって、そんなこと忘れちゃう単純さ。
「ってか、変装とかしなくて大丈夫かな」
　浬世は、いま変装とかしていなくて素顔のまま。
「んー……。大丈夫でしょ。これだけ人が多かったら紛れてわかんないだろうし」
　浬世の言うとおり、春休みだからか人の数がすごく多い。
　人気の観光スポットということもあって、外国の人もかなり多く見かける。
「で、でも……っ」
「依茉ちゃんは心配性だね。んじゃ、他の子が寄りつかないように俺のことガードしないとね」
　ニッと愉しそうに笑って、わたしの手をギュッと握った。
「ほら、これで俺は依茉ちゃんのだもんね？」
「か、からかわないでよぉ……っ」
　いまだに、人前でこうやって手を繋ぐのも恥ずかしくて、いちいち顔が真っ赤になっちゃう。
「……すぐそんなかわいー顔するんだから。俺の心臓おかしくなりそう」
　それを言うなら、わたしの心臓だっていつも浬世にドキドキさせられて休まる日がないんだから。

　街を散策する前に、すでに予約している着物をレンタルするところに行くことに。
　中に入ってみると、着物がたくさんズラーッと並んでいて、どれにしようか迷っちゃう。
　どうやら、自分で好きな着物と帯を選んでいいみたいなんだけど、これだけ数が多いと決められない……！
　着物だけじゃなくて、巾着（きんちゃく）とかも好きなものを選んでいいみたい。
「どうしよう……！　こんなにあると迷っちゃう」
　あれもこれも可愛く見えて、わたしが着物とにらめっこしていると。
「俺これにする」
　まだお店に入って５分くらいしか経っていないのに、浬世は即決（そっけつ）したみたいで。
「えぇ!?　決めるの早くない!?」
「そんな種類なかったし」
　たしかに、女性向けの着物がほとんどだけど、それにしても決めるの早すぎないかな!?
「うぅ、わたしどれにしよう……っ」
「依茉って意外と優柔不断だよね」
「うぬ……っ」
　すると、浬世が何着か手に取って、わたしの身体にあててくる。
「依茉は可愛いピンクとか似合うよね」
「そ、そうかな」
「うん。キャミソールとかいつもピンクじゃん」
「んな……！　それは今カンケーないでしょ!!」
　すぐにそういう変な方向にもっていこうとするんだか

ら……！

「カンケーあるでしょ。彼氏として彼女の好きな色くらい把握（はあく）しておかないとね？」

「浬世が言うと下心丸見えみたいだよ」

「心外だね。男なんてみんなこんなもんでしょ」

　すぐに開き直るんだから困っちゃう。

　結局、大きな花が描かれたピンクベースの着物に決めた。

　帯はお店の人が提案してくれた水色系にした。

　そのまま浬世とはいったん別れることに。

　髪をセットする前に、先に着付けをしてもらうことになったんだけど。

「う……帯って結構きつく締めるんですね……」

「そうですね～！　あまりきつかったら遠慮なく言ってくださいね？」

　着物の形と帯が崩れないように、しっかり着せてもらう。

　けど、思ってたより帯がしっかり締められるし、おまけに歩きにくいし。

　こ、これで街の散策とかできるのかな……なんて、考えている間に着付けが終了。

　髪も自由にアレンジしてもらえるみたいで。

　着物の雰囲気に合わせて、ゆるく編み込んで後ろでひとつにまとめてもらった。

　すべての準備が終わって外に出てみたら。

「あ、えっと、お待たせ……っ」

　着物姿の浬世が、待ちくたびれ様子でこっちを見た。

うっ……。浬世かっこよすぎないかな……!?

藤色の着物に、羽織は少し暗めの紺色(こんいろ)。

スタイルがいいことは知ってるけど、着物までこんなにかっこよく着こなしちゃうなんて、さすがすぎるよぉ……。

わたしがそばに近寄ったのに、浬世はこっちを見て固まったまま。

「り、りせ……っ?」

「……何それ、無理」

「変……かな」

ショボンと落ち込んだら、浬世がさらに近づいてきて、おでこをコツンと合わせて見つめて。

「……死ぬほど可愛い。俺にしか見せてほしくない」

「そ、そんなに……っ?」

「ほんと可愛すぎ。今すぐ襲いたいんだけど」

「ダメ……だよ……っ」

「んじゃ、いつならいいの?」

「わ、わかんない……っ」

というか、浬世の瞳が本気すぎて今にもガバッと襲ってきそうなんだけど……!

「……夜までおあずけ?」

はっ……。そうだ、夜も同じ部屋に泊まるんだ。

いや、いつも一緒に寝てるんだから、何も緊張することないって言い聞かすんだけど、心臓バクバク。

「う……、夜もダメ……」

「……そんなこと言ってられるの今のうちだよ。俺、我慢とかしないからね」

　フッと笑って、あきらかに何かを企んでいるような笑顔。

　ぜ、ぜったいよからぬことをしようとしてる……！

「……まさか、俺が何もしないと思ってんの？」

　親指でわたしの唇をふにふにしながら、そのままさらっと唇を奪って。

「ぅ……やだ、浬世のバカ……っ」

「甘い夜にしようね」

　浬世が何をしようとしているのか──わかるのは旅館に着いてから。

　さっき駅で見つけた、観光スポットがのっているマップを広げてどこに行こうか迷っていると。

「わっ……きゃっ……！」

　マップに夢中になりすぎて、すれ違う人にぶつかってしまった。

「ほんと依茉は危なっかしいね」

　すぐに隣にいた浬世が支えてくれて、そのまま手を取られて、ギュッと繋がれた。

「ご、ごめんね。えっと、浬世はどこ行きたいとかある？」

「んー……。俺は依茉が行きたいところでいいけど」

「どこに行こうか迷っちゃう」

「んじゃ、あそこでなんか食べる？」

　指をさした先に見えるのは抹茶(まっちゃ)専門店。

　浬世は甘いものが好きだし、とくに抹茶系のスイーツも好きだから。

お店の中に入って、メニューを見たらぜんぶ抹茶スイーツ。いや、抹茶専門店だから当たり前だけど！

わたしは抹茶のティラミスで、浬世は抹茶のパフェ。

注文してから待っている間、真正面に座ってる浬世が急にスマホを取り出して、パシャパシャ写真を撮ってくる。

「えっと、なんで写真撮ってるの？」

「せっかくだから、かわいー依茉ちゃんでカメラロールをいっぱいにしようと思って」

「や、やだ。あんまり撮らないで……っ！」

「いーじゃん。いつも俺は撮られる側だから。たまには撮る側にもなりたいなってね」

愉しそうに、にこにこ笑ってるし。

ただでさえ、浬世に見つめられるだけで恥ずかしくて、落ち着かないのに。

わたしがひとり照れてる間に、注文したスイーツたちが運ばれてきた。

浬世が注文したパフェは、抹茶のマカロン、アイスなどなど……まさに抹茶尽くし。

「浬世ってば、口元にクリームついてるよ？」

食べるのに夢中で、気づいていないみたい。

可愛いなぁって思いながら、おしぼりで拭いてあげたら。

「んー……。それは違うじゃん」

「え??」

はて、何が違うってこと??

「そこは依茉が舐めてくれたら——」
「っ……!?　もうっ、外でそういうこと言わないの！」
　いつもと変わらず、浬世の変なテンションに振り回されてばかり。
　さっきまで、浬世が素顔で歩いて大丈夫かなって心配していたけど、人が多いせいか周りの人もそんなに気づいていないみたい。
　抹茶のデザートを堪能したあと、街を歩くことに——なったんだけど。
「あっ、わたしもあれ乗りたい！」
　さっきから街中で走っている人力車。
　こういう古い街並みにぴったりで、一度は乗ってみたいなぁと思っていて。
　せっかく観光地に来てるんだから、乗るなら今しかないじゃん！
　浬世はわたしのお願いをすんなり聞いてくれて、ちょうど人力車を走らせているお兄さんが「よかったら乗りませんか！」って声をかけてくれたので乗ることに。
「わっ、人力車って結構高さあるんだね！」
　いざ乗ってみたら、意外と高さがあってびっくり。
　わたしの隣に座っている浬世は、そんなにびっくりしてなくて、なんともなさそう。
「依茉ドジだから落ちないようにね」
「んなっ、落ちないもん！」
　あと、お兄さんが赤いひざ掛けをかけてくれた。

「それでは出発しますね！」
「あっ、お願いします……！」
　人力車が走り出して少ししてから。
　ふと、思ったことをお兄さんに聞いてみた。
「えっと、ふたり乗せてて重くないですか？」
「これが仕事なので、全然ですよ！」
　す、すごい。わたしと浬世ふたりも乗せて、おまけに重たい人力車を走って引いてるのに。
　笑顔でこっちに喋りかけてくる余裕もあるとか、すごいなぁと関心しちゃう。
「おふたりは恋人同士ですか？」
「え、あ、えっと……」
　ど、どうしよう。こういう場合って「はいっ、彼氏です！」って自然に答えるべき……!?
　でも、そんなはっきり言うのもなんだか照れるし……！
　答えに詰まっていると、隣にいる浬世がすかさず。
「そーですよ。俺の彼女、可愛さ無限大なんで」
「わー、彼氏さんベタ惚れですね！　たしかに、彼女さん可愛いですもんね！」
　すると、浬世が急にわたしの頬を両手で挟んで、無理やり自分のほうに向かせた。
　えっ、急にどうしたんだろ？
　せっかく街並みとか見てたのに。
「え、えっと、りせ……っ？」
「依茉のこと可愛いって言っていいの俺だけなのにさ」

「……っ？」
「ムカつくから、依茉は俺のほうしか見ちゃダメ」
「えぇ……!?」
　せっかく人力車乗ったのに!?　どうせなら景色とかもっと見たいし、お兄さんの話とかも聞きたいんだけど！
「依茉の可愛さはぜんぶ俺だけのだし」
「い、いや……お兄さんもきっとお世辞で言ってくれたんだよ。ほら、こういう接客やってる人って褒めるのが上手だから！」
「……依茉は自分の可愛さに疎すぎ」
　そんな、かいかぶられても困るよ。
　この会話を聞いていたお兄さんは「ラブラブでいいですねー！　羨ましいです！」って、ハハッと笑っていた。
　そこから人力車でいろんな場所を案内してもらった。
　お兄さんはすごく話し上手で、連れて行ってもらう場所ぜんぶ丁寧に説明をしてくれる。
　街並みのこともそうだし、古い歴史のことまで詳しく教えてくれて。
　お兄さんおすすめの神社にも連れて行ってもらって。
「依茉が絵馬書いてる」
「うっ、ギャグみたいにからかわないで！」
　縁結びの神社で有名ということで、お参りをして、せっかくなので絵馬を書いていたら浬世がクスクス笑ってる。
「こんなハートの絵馬で永遠に愛が続くって胡散臭くない？」

「そんな夢を壊すこと言わないでよぉ……っ！」
「ってか、こんな絵馬の力借りる必要ないじゃん」
「へ……っ？」
　ペンを握っていた右手に、浬世の手が重なって。
「俺は依茉のこと一生離すつもりないのに」
「え、えまって、わたしのこと？」
「はぁ……。俺いま結構かっこいいこと言ったのに、見事にぶち壊してくれたね」
「だ、だって、いま絵馬の話してたから！」
「いや、話の流れ的に依茉ちゃんのほうでしょ」
　もとをたどれば、浬世がややこしいこと言うからじゃん……！
　なんて、こんな感じで１日はあっという間に過ぎていき――。

　時刻は夕方の５時を回って、着物から着替えをすませて、予約している旅館へ。
　駅から離れたところにあるみたいで、タクシーで向かうことに。
「わぁ、風情(ふぜい)ある旅館だね」
「おしゃれなホテルのほうがよかった？」
「ううん。むしろ、こういう静かな感じのほうが好きだよ」
　駅近くのホテルだと人が多いし騒がしいような印象だったから、ここはすごく静かでいいかもしれない。
　ちなみに、ここの旅館を予約してくれたのは、もちろん浬世で。
「ここなら誰にも邪魔されないもんね？」
「う……っ、何を企んでるの……！」
「さあ。俺は可愛い依茉ちゃんをどうやって可愛がろうかなって考えてるだけだよ？」
ニッと笑ってるのが、ますます怪しいんだけど……！
ここが外だっていうのに、お構いなしで、わざと耳元で甘くささやくように──。
「……夜、寝かせるつもりないから」
「へ……っ」
「覚悟しなよ」
今までに見たことがないくらい──とっても危険な笑みを浮かべていた。

旅館の中に入ったら、着物姿の品のある女の人がお出迎えしてくれた。
「いらっしゃいませ、お待ちしておりました。お荷物おあずかりしますね。このままお部屋にご案内いたしますので」
部屋に案内されて、中に入ってみると畳(たたみ)と木の香りがほんのりした。
部屋はもちろん和室で、中はとても広々としている。
奥に行くと、大きな窓があってそばにテーブルと椅子がある。
部屋の中央には、木製の机と座椅子が配(はい)されていて。
机の上には和菓子が置いてある。

旅館の人が部屋の説明をしてくれているけど、中を探索するのに夢中のわたしは全然話を聞いていなくて。

結局、聞いていたのは食事は部屋じゃなくて、大広間で食べるってことだけ。

まあ、あとは浬世が聞いてくれたからいいかなって。

のちのち、ちゃんと話を聞いておけばよかったって後悔するのは数時間後のこと。

「わぁ、浴衣とかあるんだね！」

「へぇ。脱がすのたのしそー」

ん？　んんん??

なんでそんな愉しそうに笑ってるの!?

そこは「浴衣とか温泉らしくていいね」でいいじゃん！

「えっと、浴衣は脱がすためのものじゃないよ!?」

「だってさ、浴衣って帯ほどいたらさらっと脱がせるじゃん。ラクだよね」

うぅぅ……もはや会話が成立してない……！

なんで脱がす前提なの……っ！

「と、とりあえず先に晩ごはん食べに行こ！」

「そーだね。まあ、愉しみは夜に——だもんね？」

さっきから、浬世は何を愉しみにしてるの??

わたしは、ハテナマークを頭の上に浮かべたまま。

そこから１時間くらい、大広間で晩ごはんを食べて部屋に戻ることに。

戻っている途中、浬世がスマホを忘れたことに気づいて、わたしだけ先に部屋へ。

お腹もいっぱいになって、部屋で少しくつろごうと思ったとき。

「あれ……。ここって閉めてたっけ」

さっきまで開いていたふすまが閉め切られていた。

浬世が閉めたのかな？　それとも旅館の人？

中が気になって、ふすまを横にスライドさせてみれば。

「ひっ……」

ど、どどどうしよう……！　見ちゃいけないものを見ちゃったような……！

部屋の中は真っ暗。

でも、枕元にボヤッとした間接照明が置かれていて。

おまけに、ピタッとくっついて並んで敷かれている布団……。

「何してんの、依茉」

「うひゃ……っ」

どうやら浬世も戻ってきたみたいで、後ろから部屋の中をジーッと見てる。

「へぇ。なかなかいーじゃん」

「いいって……」

「これって、どう見てもそーゆーことしていいって雰囲気だよね」

「……っ!?」

出たよ、出ましたよ。浬世のハレンチ発言。

ゆっくり浬世のほうを振り返ったら、もうそれは愉しそうに笑っていて。

「今夜は寝れないね、依茉ちゃん？」
「な、何するの……っ」
「言わなくてもわかるじゃん。まあ、その前にもっとたのしーことあるから」
　フッと笑って、身体ごとくるりと回されて浬世と向かい合わせ。
「脱いで」
「……!?」
　え、なんでなんで!?
　って、わたしがひとりであたふたしている間に、服を脱がそうとしてくるし！
　ま、まさか変なスイッチ入っちゃったんじゃ。
「ちょ、ま……って」
「待てないって言ったら？」
「う……っ、や……」
　ちょっと抵抗するけど、あっけなく阻止されちゃう。
　おまけに首筋に唇を這わせてくるから。
　きっと、このまま浬世のペースに流されたら押し倒されちゃって、あとはされるがままになるような。
「依茉いい匂いするね」
　はっ……。そういえば、お風呂は……？
　流されちゃう前にハッとした。
　旅館の人が部屋に入ったときに、いろいろ説明してくれたのに、部屋のすごさと広さに夢中になって聞いていなかったせい。

「ねぇ、依茉……？」
「な、なに……っ？」
まるで、今のわたしの思考を読み取ったように。
「せっかくだから一緒にお風呂入ろっか」
「へ……っ」
思考がプシューッと音を立てて停止寸前。
……している間に、浬世がわたしの手を引いて。
「……ほら。部屋に露天風呂ついてんの」
「っ!?」
パッと慌てて浬世を見れば、これを愉しみにしてたんだよって顔をして。
「ほら、早く服脱ごうね？」
ここから緊張と恥ずかしさで、何がどうなってこうなったのか、記憶がぜんぶ飛んでいっちゃって。
気づいたら浬世の言いなりで、ふたりで露天風呂に入ってるという、まさかの展開。
「うぅ……、もう恥ずかしくて死にそう……っ」
「俺はたのしーけど」
外にある露天風呂から見える景色は、それはもうきれいなんだろうけど、今はそれどころじゃないくらい心臓バクバクで破裂（はれつ）しそうな勢い。
さっきから、肩に力が入りっぱなし。
目の前の白いお湯にひたすら視点を合わせるけど、後ろから抱きしめてくる浬世の手の位置がいろいろ際どくて。
「ここの温泉、肌にいいんだって」

「うぬ……っ」
　そんなこと今はどうでもよくて。
　それよりも肌が密着してるほうに意識が向くばかり。
　浬世はなんでこんな落ち着いてるの……っ！
　首だけくるっと後ろに向けたら、髪がちょっと濡れて色っぽい浬世がいて、余計に心臓がギュンギュン。
「うぅ……無理……っ」
「何が無理なの、依茉ちゃん」
「ひゃぁ……っ……どこ触ってるの……っ」
「口にしていいんだ？」
　顔を見なくてもわかる。
　今ぜったい浬世は、わたしの反応を存分に愉しんで満足そうに笑ってるの。
「依茉の身体って敏感だよね」
「うっ、そんなこと言わないで……っ」
「だって、ほら。俺がちょっと触っただけでさ」
「っ……、ん」
「あと……依茉はキスも好きだもんね」
「ぅ……っ……」
　浬世のほうを向かされたまま、強引に唇を塞がれて。
　身体の熱がグーンッと急上昇。
　一度スイッチが入った浬世は、加減を知らない。
　最初は軽いキスなのに、どんどん深くなって、酸素を奪っていくの。
　だんだん意識がボーッとしてくる。

　しだいに身体の力もグタッと抜けはじめて、浬世のほうにぜんぶあずける。
「……ちょっとやりすぎた？」
「う……っ、ちょっとどころじゃないよ……っ」
「依茉が可愛い声出すから」
「イジワルばっかりしないで……」
　すぐにプイッと前に向き直って、浬世の腕の中からスルリと抜け出せば。
　また、わたしの身体を抱き寄せて。
「……このあと、続きしよっか」
　危険なささやきが鼓膜を揺さぶった──。

　お風呂から出たら、もう意識が飛んじゃいそうなくらいクラクラ。
　ちょっとの時間しか湯船（ゆぶね）に浸（つ）かっていないのに、浬世が一緒ってだけで、何時間も入っていたような感覚。
　浴衣を着た今も、身体が熱いままボーッとしてる。
　熱を冷ますために、布団で身体を横にしてゆっくりしてるんだけど。
　浬世はお構いなしで、わたしを後ろから抱きしめたまま離してくれない。
「ん、りせ……」
「どーしたの？」
「熱くて、ボーッとする……の」
　どうにかしてほしいわけじゃないけど、ただこのまま眠りに落ちそうで。

だけど……そんなの浬世が許してくれるわけない。

「んじゃ、俺が冷ましてあげよーか」

「……んっ」

どうやって冷ましてくれるのかと思ったら、意味もなく唇を塞いで、もっと熱を上げてくるの。

「……唇まで熱いね」

反対に浬世の唇は、わたしよりも少し冷たくて。

でも、その少しの冷たさが妙に気持ちよく感じちゃう。

身体が火照(ほて)ったままのせいで、いつもよりキスがもっとクラッとくる。

ただでさえ意識がボヤッとしているのに、キスを止めてくれないし、息を吸う隙も与えてくれない。

浬世の器用な手が、ひとつでまとめていたわたしの髪をパサッとほどいた。

ふわっと、シャンプーの香りがする。

「俺と同じ匂いするのたまんないね」

あっという間に、浬世が上に覆いかぶさってきた。

キスしてるとき、ずっと口元をギュッと結んでいたのに、誘うようにこじ開けてくる。

「……もっと開けてよ」

「ん……っ」

舌先で軽く唇をぺろっと舐めて、簡単に口の中に熱が入ってくる。

思わず浬世の浴衣をギュッとつかむ。

それに気づいて、一瞬だけ唇がわずかに離れた。
真上から見下ろしてくる浬世の瞳は、いつもよりずっと熱っぽくて、色っぽい。
「……やっぱ浴衣っていいね。ちょっと乱れてはだけてるのエロすぎ」
「や……っ、見ないで……っ」
「帯ほどいて縛りたくなるね」
危険で、艶(つや)っぽい、妖艶(ようえん)な笑み。
すでに帯をほどいて、スルッと中に手を滑らせてくる。
たぶん……ううん、ぜったい──今夜は寝かせてもらえそうにない。
その予感は見事に的中して。
何度も求められて、甘すぎる刺激のせいで身体はもう限界なのに。
「まだ……へばんなよ」
「んんっ……」
いつもと違う口調にドキッとしてるわたしの心臓は、ぜったいにおかしいの。
ボヤッとする意識の中で、覆いかぶさってる浬世の表情は歪んでいた。
浴衣が乱れて、肌が見えるのがすごく色っぽく映って。
でも、そんなの気にしていられたのは一瞬で。
「はぁ……っ、やば。止まんない、ずっと欲しくなる」
「ぅ……あ……」
キスよりもっとされるたびに、自分のとは思えないくらいの甘ったるい声が漏れてくる。

　抑えようとしたら、浬世が許してくれない。

「抑えるのダメだって」

「はぁ……っ、う」

　もう自分がいま、浬世の瞳にどう映ってるかなんて、考える余裕もすべて奪われて。

「依茉……っ」

　グッと甘い熱と波が押し寄せてきて、意識が飛んでしまう寸前――とびきり優しいキスが落ちてきた。

　翌朝、眠っていた意識が徐々に戻ってきて、ゆっくりまぶたを開けた。

　いちばんに飛び込んできたのは、すでに目を覚ましてわたしのことをジッと見つめている浬世の顔。

　すごく愛おしそうに、わたしのこと見てくるの。

「……おはよ。起きた？」

「お、おはよう……っ」

　昨日までの記憶が一気によみがえってきて、恥ずかしさに襲われる。

　今こうして見つめられるだけで耐えられなくて、布団を頭からかぶりたいくらい。

　恥ずかしすぎて結局、浬世の胸に顔を埋めちゃう。

「……まだ恥ずかしがってんの？　いい加減慣れたらいいのに」

「うぅ……、慣れるなんて無理……っ」

「俺はもう依茉の裸なんて見慣れて――」
「わぁぁぁ!!　それ以上喋らないで……！」
　ほんとに、デリカシーないことばっかり言ってくるんだから！
　そのまま布団をバサッと上からかぶったら。
「えーまちゃん。恥ずかしがってないで出ておいで」
「やだ……っ」
「そんなこと言う依茉ちゃんには、お仕置きがいるね」
「っ、ひゃぁ……ぅ」
　ずるい、ずるいよ……っ。
　器用な手を、わたしの肌に滑らせて、わざと声を出さすような触り方をしてくるの。
「ねぇ、依茉」
「ん……っ、なに……っ？」
「俺のこと好きって言って」
　そうやって、突拍子もないこと言うんだから。
　ニヤッと怪しげに笑ってる顔……これはぜったい言わせる気。
　嫌だなんて言ったら、どんなお仕置きが待ってるのか。
「す、好き……っ」
「もっと」
「好き……、だいすき……っ」
　いまだにこうやって“好き”って伝えるのは慣れないし、恥ずかしいけど。
　欲しがりな湮世は、いつも言わせたがるの。

「浬世も言ってくれなきゃ、やだ……っ」

　わたしがおねだりしたら、ぜったい聞いてくれる。

　きっとね、わたしだけに甘い浬世は、これから先もずっと変わらないと思うの。

「俺も──愛してるよ」

　甘い言葉とともに、キスが落ちてきた。

＊番外編End＊

あとがき

☆ afterword

いつも応援ありがとうございます、みゅーな**です。
この度は、数ある書籍の中から『芸能人の幼なじみと、内緒のキスしちゃいました。』をお手に取ってくださり、ありがとうございます。皆さまの応援のおかげで、11冊目の出版をさせていただくことができました。

じつは、この作品はずっと書こうと思いながら、なかなか更新がうまくいかず、完結するまでかなり時間がかかったものでした。
幼なじみ系のお話がだいすきなので、よく書いたりするんですが、やっぱり何回書いても楽しいです（笑）。

ヒロインは依茉みたいな、ちょっと天然が入っていて、たまに小悪魔っぷりを発揮して翻弄しちゃうような女の子が好きで。

ヒーローは浬世みたいな、わがままで独占欲が強くて、好きな女の子しか眼中にないような、ほんとにひたすら溺愛するような男の子が好きで。
とくに普段は無気力だけど、好きな女の子を目の前にしたらちょっとオオカミになっちゃうところも気に入っていたり（笑）。

また、今回も文庫限定のエピソードを書かせていただきました！　サイトでは書けなかったふたりの番外編を書くことができて楽しかったです！

最後になりましたが、この作品に携わってくださった皆さま、本当にありがとうございました。

今年もこうして、このような素敵な機会をいただけて、本当にうれしかったです。

そして今回もカバーイラストを引き受けてくださったイラストレーターのOff様。今回の作品と既刊を合わせて、９冊も担当していただきました。

Off様の描いてくださるイラストがほんとにだいすきで、今回もとびきり可愛いカバーと相関図、挿絵を描いていただけて、とってもうれしかったです。ありがとうございました。

そして、ここまで読んでくださった皆さま、応援してくださった皆さま、本当にありがとうございました。

すべての皆さまに最大級の愛と感謝を込めて。

2021年２月25日　みゅーな**

作・みゅーな**

中部地方在住。４月生まれのおひつじ座。ひとりの時間をこよなく愛すマイペースな自由人。好きなことはとことん頑張る、興味のないことはとことん頑張らないタイプ。無気力男子と甘い溺愛の話が大好き。近刊は『お隣のイケメン先輩に、365日溺愛されています。』など。

絵・Off（オフ）

９月12日生まれ。乙女座。Ｏ型。大阪府出身のイラストレーター。柔らかくも切ない人物画タッチが特徴で、主に恋愛のイラスト、漫画を描いている。書籍カバー、CDジャケット、ＰＲ漫画などで活躍中。趣味はソーシャルゲーム。

ファンレターのあて先

〒104-0031

東京都中央区京橋1-3-1

八重洲口大栄ビル7F

スターツ出版（株）書籍編集部 気付

みゅーな**先生

芸能人の幼なじみと、内緒のキスしちゃいました。
2021年2月25日　初版第1刷発行

著　者　みゅーな**
©Myuuna 2021

発行人　菊地修一

デザイン　カバー　百足屋ユウコ+しおざわりな(ムシカゴグラフィクス)
フォーマット　黒門ビリー&フラミンゴスタジオ

DTP　久保田祐子

編　集　黒田麻希　本間理央

発行所　スターツ出版株式会社
〒104-0031 東京都中央区京橋1-3-1　八重洲口大栄ビル7F
出版マーケティンググループ　TEL03-6202-0386
(ご注文等に関するお問い合わせ)
https://starts-pub.jp/

印刷所　共同印刷株式会社
Printed in Japan

ISBN　978-4-8137-1050-9　C0193

読むたび何度でも恋をする…全力恋宣言！
毎月25日はケータイ小説文庫の日♥

心に沁みるピュアラブやキラキラの青春小説、
「野いちご」ならではの胸キュン小説など、注目作が続々登場！

ケータイ小説文庫　2021年2月発売

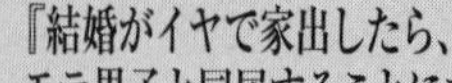

『結婚がイヤで家出したら、
モテ男子と同居することになりました。』 夏木エル・著

祖父が勝手に見合い話を進めたことに反発し、家を飛び出した高1の仁葵。事情を知った、完璧イケメンの同級生・狼が暮らす部屋に居候させてもらうことに。同居の条件は狼の恋人のフリをすること。ところが24時間、仁葵に溺甘な狼。これって演技？　本気？　仁葵の気持ちはかき乱されて…!?

ISBN978-4-8137-1048-6
定価：本体590円＋税

ピンクレーベル

『今日から私、キケンでクールな彼に溺愛されます。』 ばにぃ・著

過去のトラウマから男子が苦手な高2の心優。偶然、イケメン不良・暁を助けると、お礼にと、おでこにキスをされる。その後、暁がクラスメイトだとわかり、近い距離感で接するうちに惹かれはじめる。だけど暁には彼女が…!?　不良と男子が苦手な美少女×悪魔のようなイケメン不良の恋の行方は!?

ISBN978-4-8137-1049-3
定価：本体590円＋税

ピンクレーベル

『芸能人の幼なじみと、内緒のキスしちゃいました。』 みゅーな**・著

高2の依茉には幼なじみでモデルの浬世がいる。浬世は寂しがり屋で、マンションの隣に住む依茉の部屋に入り浸り。付き合っているわけではないのに、ハグやキスまでしてくる浬世に、依茉はモヤモヤするけれど、素直になれず気持ちを伝えられないままで…。ちょっと刺激的なじれ恋にドキドキ♡

ISBN978-4-8137-1050-9
定価：本体590円＋税

ピンクレーベル

書店店頭にご希望の本がない場合は、
書店にてご注文いただけます。